異形怪異

文 むくろ幽介
イラスト fracoco

イカロス出版

もくじ

プロローグ

「まだこんなくだらん本読んでいたのか。捨《す》てろと言っただろ」

ベッドで寝《ね》転んでいた僕《ぼく》から本を取り上げた父《とう》さんの顔は今でも忘《わす》れない。結局、何度謝っても本は返してもらえなかった。

「カートスの最新刊今日《きょう》発売らしいぞ。帰りに買いに行こうぜ」

「今度はどんな話が載《の》っているんだろうなぁ～」

数年前、ネットにカートスと名乗る謎《なぞ》の男から不思議な話を聞いたと語る体験談が現れた。以来〝カートスから奇妙《きみょう》な物語を聞いた〟という人々が次々と現れ、彼《かれ》の名は瞬《また》く間《ま》に広まった。

謎《なぞ》の作家〝ランドリック・カートス〟

年齢不詳《ねんれいふしょう》。経歴不明。わかっているのはその名前とくたびれた白髪《はくはつ》、そして青く輝《かがや》いているという左眼《ひだりめ》の噂《うわさ》だけだった。

学校帰りの本屋。カートスの最新刊を手にレジに向かう友人たちを横目に、僕《ぼく》は1人その場に残った。

「どうせ買っても父《とう》さんに取り上げられるだけ……か」

心を見透《みす》かすように話しかけてきた謎《なぞ》の男。すらりと伸《の》びた背《せ》に、ボサボサの白い髪《かみ》。その隙間《すきま》からは輝《かがや》く青い瞳《ひとみ》がのぞいていた。

「なら、君だけにまだ誰《だれ》にも話していない話を聞かせてあげよう」

今から紹介《しょうかい》するのは、彼《かれ》が話してくれた奇怪《きかい》な物語たちである。

群れ

パタパタと音を立てて窓《まど》の向こうに近づいてくる羽の音。

ピチチチ、ピチチチ、ピチチチ！

そのあどけない鳴き声が、心《こころ》の底《そこ》から恐《おそ》ろしかったのを覚《おぼ》えています。

僕《ぼく》ができるのは息を潜《ひそ》めて布団《ふとん》のなかにうずくまることだけでした。

母《かあ》さんが階段《かいだん》を足早に上がる音がせまり、ガチャリと部屋《へや》のドアが開きました。

「リク。朝だよ。今日《きょう》は学校行けそう？」

僕《ぼく》は母《かあ》さんの問《と》いに答えられませんでした。

「ねえ、リクってば起きているでしょ？」

「……今日《きょう》もお腹痛《なかいた》い」

掛《か》け布団《ぶとん》越《ご》しでも聞こえる母《かあ》さんの大きなため息。

「明日《あした》はがんばって行くんだよ」

母《かあ》さんが出ていき静かになった部屋《へや》にはいまだ緊張《きんちょう》が張りつめていました。

カチャ、チャッチャッ……カチャ……。

………パタパタパタパタパタッ。

ベランダから奴《やつ》らが飛び去った音を聞いてようやく布団《ふとん》から顔を出しました。

いったいいつまで奴《やつ》らは僕《ぼく》のことを見張るつもりなのでしょう。

その答えが出ないうちは、とてもじゃないけど外に出る勇気なんかありません。

すべては1週間前、いつものように1人で家に帰っているときから始まりました。

両親が夜に帰ってくるまでの時間潰《じかんつぶ》しに何をしよう、近頃《ちかごろ》は帰り道にそんなことばかり考えてしまいます。というのも、少し前までは学校の友達と放課後に遊んだりしていたのですが、最近は塾《じゅく》に行くからなどと皆《みな》そっけない態度ばかりだったのです。

けど、代わりに新しい楽しみも見つかりました。

夕方から夜までの短い時間だけ話し相手になってくれる人がいたのです。

「今日《きょう》も1人かい」

「そうですよ。すみません、チョコクリームのたい焼き1つください」

「はーい、チョコクリームね」そう言って微笑《ほほえ》む店のおばちゃん。

「やっぱりチョコレート味が1番だな。理解者《りかいしゃ》はこの坊主《ぼうず》だけだ」

「銀蔵《ぎんぞう》さんとリククん以外頼《たの》む人いないわよ。はい、リククんこれチョコクリームたい焼きね。じゃあ、私《わたし》ちょっと裏《うら》にいるから、もしお客さん来《き》たら呼《よ》んでちょうだい。どうせ今日《きょう》もそこで食べてくでしょ?」

「はい、わかりました」

「たい焼きはあんこが1番って言う奴《やつ》に限って他《ほか》の味試《ため》したこともないんだ」

店先の小さなベンチで僕《ぼく》の隣《となり》に座《すわ》ってブツブツ言っているのは、近所でも有名なおじいさんの銀蔵《ぎんぞう》さん。何年か前に奥《おく》さんを亡《な》くしてからいつも夕方頃《ごろ》に街を練り歩き、道ゆく子どもによくわからない雑学を教えてくれる少し変なおじいさんでした。

僕《ぼく》も最初は警戒《けいかい》していました。けれど、ある日の夕方に1人で家に居るのに飽《あ》きて商店街を散歩してこのたい焼き屋の前を通りがかったとき、偶然《ぐうぜん》このベンチに座《すわ》っていた銀蔵《ぎんぞう》さんに焼きをおごってもらったのです。それがキッカケでたまに話すようになったのでした。

「今日《きょう》は学校どうだった？　暇人《ひまじん》に何かおもしろい話を聞かせてくれよ」

「うーん……あ、お昼休みに校庭で遊んでいたらスズメの群れが飛んでいてビックリしました。皆《みな》同じ方向に飛んでいて、まるで1羽の大きな鳥みたいだねって」

「ほーう、そりゃ鳥のマーマレーションってやつかもな」

「なんですかそれ？」

「数十、数百の鳥が一斉《いっせい》に飛ぶのにどうして鳥同士がぶつからないのか考えたことあるか？　天敵から逃《に》げたり、餌場《えさば》を探《さが》したりして移動するときに、坊主《ぼうず》が学校で見たような大きな鳥の形にあっという間に整列するあれを、マーマレーションと言うんだ。マーマレーションは謎《なぞ》の多い習性でね、群れがどうやって乱《みだ》れることなく飛ぶのかまだ解明されてないらしいんだよ。一部の研究者なんかは『鳥同士が同じ考えを共有していたかも』なんてことも言っているらしいが」

「へー」

「しかし、マーマレーションをするのはムクドリって聞いたけどなぁ。スズメも似たような鳥もやるものなんだな。お、噂《うわさ》をすれば」

気がつくと銀蔵《ぎんぞう》さんが指差した先に3羽のスズメがいました。

チャッチャッチャッチャと爪《つめ》を鳴らしながら近づいてくる可愛《かわい》らしいスズメたちは、ベンチに座《すわ》る僕《ぼく》らからたい焼きのおこぼれをもらおうと、口をパクパク開けていました。

「スズメの言葉がわかればどうやって飛んでいるのか聞けるのになぁ」

僕《ぼく》がそう言って食べていたチョコレートクリーム味のたい焼きのかけらを投げると、銀蔵《ぎんぞう》さんがサッと立ち上がって、そのたい焼きのかけらを拾おうとしました。

「ダメダメ、動物にチョコレートあげたら。彼《かれ》らには毒なんだぞ」

銀蔵《ぎんぞう》さんがたい焼きのかけらを手でサッと取り上げようとしたそのとき。

ギィイギャァァァ‼

突然、スズメたちが聞いたこともない鳴き声で威嚇《いかく》をするように鳴くと、銀蔵《ぎんぞう》さんの手を突《つつ》いたのです。

「あいたっ‼」銀蔵《ぎんぞう》さんは鋭《するど》い声を上げて出した手を勢いよく引《ひ》っ込《こ》めました。

クチバシに付いた赤い血。スズメはそれを異様《いよう》なほど長い舌で舐《な》め取りました。しかし、それよりも不気味だったのは、血の付いていないスズメたちが血の付いたスズメと寸分違《すんぶんたが》わぬ動きをしたことです。

たい焼きのかけらには目もくれずに、銀蔵《ぎんぞう》さんの手をジーッと見つめるスズメたちに言葉にできない気持ち悪さを覚えました。

「あ、あっちいけ！　シッ！　シッ！」

銀蔵《ぎんぞう》さんが足で追《お》い払《はら》うようなそぶりを見せると、スズメたちは飛び去っていきました。

幸いにも騒《さわ》ぎを聞きつけて店の奥《おく》から出てきたおばちゃんが、銀蔵《ぎんぞう》さんのケガに気がついて店にあった救急セットで手当てをしてくれました。

そんな様子をよそに、僕《ぼく》はさっきの奇妙《きみょう》な光景とある疑問《ぎもん》で頭がいっぱいでした。

「おじいさん、あの、さっきのスズメ、なんかおかしくなかったですか……」

銀蔵《ぎんぞう》さんは汗《あせ》をかいて不安そうな顔をするばかりで、質問には答えてくれませんでした。

夕暮《ゆうぐ》れの赤い空。無数のスズメがまるで大きな怪鳥《かいちょう》のような群れを成して飛び去っていくのが見えました。

翌日《よくじつ》の学校でクラスメイトがざわついているのを耳にしました。

クラスの女子の飼っていた猫《ねこ》が窓際《まどぎわ》に留《と》まったスズメにちょっかいをかけたところ、大量のスズメが集まり、猫《ねこ》を取り囲んでケガさせたというのです。

泣き出す女の子に周りが「ケガはすぐ治るよ」と慰《なぐさ》めるのを見ながら、僕《ぼく》は何かとても嫌《いや》なことが起こっているのではないかという不安を感じました。

翌週《よくしゅう》の月曜日の放課後。僕《ぼく》は再びたい焼き屋に足を運び、胸《むね》の中にじとりと残《のこ》る違和感《いわかん》について銀蔵《ぎんぞう》さんと話そうと思いました。

「銀蔵《ぎんぞう》さんなら先週の金曜から見てないかも。風邪《かぜ》かしら。お歳《とし》だから心配ねぇ……」

たい焼き屋のおばさんは他《ほか》のお客さんの相手をしながらそう言いました。

「そうだ、特別サービスでチョコレートたい焼きを焼いてあげるから、これお見舞《みま》いに持っていってあげたらどう？　家はこの先をまっすぐ行った梅の花が咲《さ》いている家だから」

おばさんの言う通りただの風邪《かぜ》ならいいけど、スズメに噛《か》まれたケガが原因で銀蔵《ぎんぞう》さんが体調を崩《くず》していたらどうしよう。もしそうなら原因は僕《ぼく》にあるようなものだ。いやに静かな住宅街《じゅうたくがい》を歩きながらそんな考えが頭にチラつきました。

でも、事態は僕《ぼく》の想像を超《こ》えて恐《おそ》ろしいものになっていたのです。

その光景を見たときの気持ち悪さをどう表現すればよいでしょう。まるで、海辺の岩をひっくり返したとき、そこにフナムシがびっしり付いていたときのようなそんな不快感とでも言えば伝わるでしょうか。

銀蔵《ぎんぞう》さんの家の屋根、軒先《のきさき》、庭、窓際《まどぎわ》、そして梅の木。そのすべてにスズメがビッシリと留《と》まっていたのです。

僕《ぼく》は思わず足を止めて彼《かれ》らに見つからないように塀《へい》の影《かげ》に隠《かく》れました。

ギィイギャァア!!　ギィイギャァア!!　ギィイギャァア!!

スズメたちがあのとき商店街で耳にした不気味な声で一斉《いっせい》に鳴き出《だ》し、バサリと羽を広げました。そして、羽を広げたままブルブルと震《ふる》えるスズメの顔は内側から上顎《うわあご》と下顎《したあご》がバリッと裂《さ》けるように広がり、その巨大《きょだい》な口から長くて細い触手《しょくしゅ》がビュルビュルと飛び出したのです。

まるで何かを出迎《でむか》えるように翼《つばさ》を広げて鳴き続ける群れ。そのとき、銀蔵《ぎんぞう》さんの古民家の縁側《えんがわ》から人影《ひとかげ》が這《は》い出《だ》すようにドサリと地面に転げ落ちるのが見えました。

「た、たすけてぇ」

その人影《ひとかげ》は片手《かたて》をこちらに伸《の》ばして助けを求めていました。

ボトリ、ボトボトボトボトボトボトボトボト。

その手、そして全身に瞬《また》く間《ま》に切れ目が浮《う》かび上《あ》がり、肉片《にくへん》が崩《くず》れ落《お》ちました。

よく見ると、その肉片《にくへん》は粘液《ねんえき》まみれの大量のスズメでした。

モゾモゾと動き始めたスズメたちがゆっくりと翼《つばさ》を広げると、それを見守っていた周りのスズメたちがまた一斉《いっせい》にあの不快な鳴き声を発しました。

そして突然皆《とつぜんみな》空に飛び上がり、1羽の巨大《きょだい》な鳥のようなシルエットになると、オレンジ色の夕日の彼方《かなた》に消えてしまったのです。

「銀蔵《ぎんぞう》さん……」

なぜ銀蔵《ぎんぞう》さんと言ったのかは自分でもよくわかりません。でも、あの助けを求めた肉塊《にくかい》は銀蔵《ぎんぞう》さんだった、そんな不気味な考えが頭から離《はな》れなかったのです。

あのスズメに見える生き物の群れはどこからやってきたのでしょう。

木の枝、電線、家の窓際《まどぎわ》。街のいたるところで僕《ぼく》を見つめる群れ。

街ゆく人の誰《だれ》も彼《かれ》らのことなど気にも留《と》めていません。

「リク。朝だよ。今日《きょう》は学校行けそう?」

きっと僕《ぼく》らはとっくの昔に手遅《ておく》れだったのかもしれません。

ミミクリさん

「リョウスケ、国語のフィールドワークのネタ決めた？」

その日、僕《ぼく》は授業が終わって理科室から出ていく途中《とちゅう》に、クラスメイトのセイヤとノリに背中《せなか》を小突《こづ》かれた。

僕《ぼく》のたちのクラスは1週間前から国語教師であり担任《たんにん》の田淵《たぶち》先生から〝自分たちで決めたテーマで地域《ちいき》住民に話を聞くなどの調査をして、その結果を学校新聞として発表する〟というフィールドワークの課題を予告されていたのだ。

「同じチームなんだから自分たちでも考えろよ〜。まあ、さっきの授業でちょっと思いついたのはあるけど」

「お、ナイス！　何、思いついたの？」

「先生が『ウイルスは生物と非生物の中間存在《そんざい》だとする説がある』って言っていたので思いついたんだ。それって幽霊《ゆうれい》でも怪物《かいぶつ》でもない都市伝説の怪異《かいい》にも似ているよなーって」

「また都市伝説《でんせつ》につなげんのかよ！　お前本当に好《す》きだよなぁ〜……」

「おもしろいと思うんだけどなぁー。例えば、口裂《さ》け女とか八尺様《はっしゃく》みたいな都市伝説《でんせつ》って人が亡《な》くなってなる幽霊《ゆうれい》って感じはしないだろ。でも、ビッグフットみたいな生物感のある怪物《かいぶつ》でもない。じゃあアイツらってなんなのかなって」

「まあ、ちょっとは気になるけど……。でも、そんなぼんやりした疑問《ぎもん》でテーマになる？」

「この街にもあるじゃん、そういう怪物《かいぶつ》でも幽霊《ゆうれい》でもなさそうな都市伝説《でんせつ》の噂《うわさ》がさ」

「まさかお前……」

僕《ぼく》たちの住んでいた地域《ちいき》には子どもを狙《ねら》うある怪異《かいい》の噂《うわさ》があった。

〝ミミクリさん〟

そいつに名前を教えてはいけない。もし教えてしまったなら魂《たましい》は体から引《ひ》き剥《は》がされ、この世から消えてしまう。だが、不思議なことにミミクリさんの姿《すがた》はよく知られておらず、僕《ぼく》はそれが昔からずっと気になっていた。

結局、嫌《いや》がっていたセイヤとノリは他《ほか》の案を出すことができず、フィールドワークのテーマはミミクリさんに決まった。調査の目標はなぜ姿《すがた》の情報がないのか、いったいどんな姿《すがた》なのかを明らかにするというものにした。

「あんたたちミミクリさんの噂《うわさ》調べているんでしょ？　だったらうちのおばあちゃんがこの辺の歴史に詳《くわ》しいから知っているかもよ」

田淵《たぶち》先生から「なるべくネットを使うのはなし」と言われていたせいで頭を抱《かか》えていた僕《ぼく》らは、クラスメイトの井沢《いさわ》さんのその一言に飛びついた。

「ミミクリさんは知らないけど〝名前を聞いてくる〟妖怪《ようかい》については知っているよ」

古本だらけの部屋《へや》にちょこんと座《すわ》る井沢《いさわ》さんのおばあちゃんは優《やさ》しく微笑《ほほえ》むと、机《つくえ》に置いた古びた本を開きながらこんな話をしてくれた。

この辺の大半がまだ森の中で人里もポツポツとしかなかった江戸時代《えどじだい》の中頃《なかごろ》。ある1人のお坊《ぼう》さんが村の近くにやってきたことがあった。森の中で2人の子どもを見つけたお坊《ぼう》さんは彼《かれ》らに村への案内を頼《たの》み、森の中を歩いていったそうだ。

そして辺りが薄暗《うすぐら》くなり始めた頃《ころ》、森の奥《おく》からかすかに人の声が響《ひび》いてきた。

「名を名乗れ」

不気味なものを感じたお坊《ぼう》さんは子どもたちに「声に応《こた》えてはいけない」と言ったそうだが、おもしろがった子どもの1人がうっかり名乗ってしまった。すると、その子は突然《とつぜん》苦しみ出し、黒いモヤのようなものに魂《たましい》を吸《す》われてしまったのだそうだ。黒いモヤは続けてお坊《ぼう》さんともう1人の子どもにも同じことを言ってきたそうだが、その声は魂《たましい》を吸われた子と同じで、彼《かれ》らは必死に念仏を唱えてなんとか難《なん》を逃《のが》れたのだという。

「この妖怪《ようかい》はその言葉にちなんで〝名取鬼《ナトリオニ》〟と呼《よ》ばれたそうだね。まあ、江戸時代《えどじだい》はこういう妖怪《ようかい》話が流行《はや》ったから、これもその1つの作り話だろうけど」

だが、僕《ぼく》らはこの貴重《きちょう》な話がミミクリさんと関連するものなのかを判断できずにいた。名取鬼《ナトリオニ》はミミクリさんと同じ存在《そんざい》なのか。確かに黒いモヤで姿《すがた》を説明できなかったから、後年その姿《すがた》が伝わっていないと考えることもできる。だが、これだけでは結論《けつろん》は出せない。

3日後の夜。僕《ぼく》が家のリビングで調査結果や疑問《ぎもん》をノートにまとめていると、仕事から帰ってきたお父《とう》さんがそれをのぞき込《こ》んでこう言ってきた。

「へー、懐《なつ》かしいな。〝ミミクリさんの歴史を追う〟ね。そういや父《とう》さんの小学校からの友達の村田って奴《やつ》が昔そんなのに出会ったたって騒《さわ》いでいたな」

次の日のお昼。僕《ぼく》は駅前の小さな喫茶店《きっさてん》でマスターをやっている、お父《とう》さんの友達の村田さんから次なるミミクリさんの手がかりを聞くことができた。

「実は俺《おれ》がミミクリさんの名付け親なんだよ。俺《おれ》が君と同じくらいの頃《ころ》だったかなぁ〜。同級生に大澤《おおさわ》って奴《やつ》がいてさ、ある日の夕方に公園でボール遊びしていたら、つい大澤《おおさわ》が遠くまでボールを蹴《け》っちゃったんだよ。で、ボールが転がって行った先に1人の女が立っていたんだ。身長が190㎝くらいある大きな女の人でさ。長い手をだらりと下げて、夏手前なのに長袖《ながそで》のコート着ていたな。そいつ、足元のボールなんか気づかない様子で急にこちらに振《ふ》り向《む》いて『こんにちは。さっき公園で遊んでいた子がクニコちゃんを探《さが》していたんだけど、あなたがクニコちゃん？』って聞いてきたんだよ」

「え、あの、でも村田さんも大澤《おおさわ》さんも男の人ですよね……」

「そう、そうなんだよ。俺《おれ》たちもおかしいと思って答えず黙《だま》っていたら、そいつ『お名前は？』って急に屈《かが》んで俺《おれ》たちの顔をのぞき込《こ》んできたんだ。その顔がさ、つるつるしたマネキンみたいだったんだよ！　怖《こわ》いだろ～？　俺《おれ》たち大慌《おおあわ》てで逃《に》げてさ、周りに『人間に擬態《ぎたい》している化け物を見た』って触《ふ》れ回《まわ》っていたら、その噂《うわさ》が学校の外まで広まって、いつの間にか擬態《ぎたい》を英語で訳《やく》した〝ミミクリーさん〟なんて格好《かっこう》付けた名前まで付いちゃったってわけ。あれ、よく考えたらこれ俺《おれ》が名付け親とは言えないか！　わはは！」

村田さんも当時は必死になって「ロングコート姿《すがた》のマネキンのような顔の女には名前は言うな」と伝《つた》えてまわったそうだ。しかし奇妙《きみょう》なことに時を経て残ったのは〝ミミクリさんに出会うと名前を聞かれる〟という噂話《うわさばなし》だけだったという。

「ミミクリさんに遭遇《そうぐう》した人を見つけた⁉」

「昭和の頃《ころ》の話とはいえ姿《すがた》の情報まで得たわけだし、これで調査終了《しゅうりょう》だな！」

村田さんの話を聞かせると、セイヤとノリはそう興奮《こうふん》気味にそう答えた。確かにフィールドワークはここまでの情報で十分だろう。だが、今や僕《ぼく》は調査の中で新たに見えてきた疑惑《ぎわく》のほうに心を奪《うば》われていた。

〝ミミクリさんと名取鬼《ナトリオニ》は同じ存在《そんざい》で、人から名前を奪《うば》いやすくするために黒いモヤから不気味な女にその姿《すがた》を変えたのではないか？〟

〝村田さんが残した対策《たいさく》が広まらなかったのは、そこからさらに進化が続き、姿《すがた》がマネキン女ですらなくなったからではないか？〟

発表が無事に終わったあとも、僕《ぼく》の頭の中にはそんな仮説がグルグルと残り続けた。

僕《ぼく》はどうしてもミミクリさんの〝今の姿《すがた》〟が知りたかった。

『ミミクリさんの情報を知りませんか？　知っていた人は二野川《ふたのがわ》小学校4年2組早川リョウスケまでお知らせください』

1週間後。僕《ぼく》が作ったそのビラを見てセイヤは顔をしかめていた。

「もうその辺にしておけよ」

「フィールドワークは僕《ぼく》にまかせっきりだったくせに、今になってリーダー気取りかよ！」

僕《ぼく》は昔から好奇心《こうきしん》が強かった。気になることがあるとどうしても調べずにはいられず、それが例え皆《みな》が怖《こわ》がるような不気味なものでも関係なかった。

けれど、怖《こわ》さというものは危険《きけん》に対して人がぼんやりと感じる赤信号だ。

あのときの僕《ぼく》はそんな本能的な赤信号に気づけていなかったのかもしれない。

『ミミクリさんの情報を調べている二野川《ふたのがわ》小学校の4年2組早川リョウスケは偽者《にせもの》です』

その奇妙《きみょう》なビラが町内に貼《は》った僕《ぼく》のビラの隣《となり》に貼《は》られるようになったのは、独自調査を始めてから2週間ほどしてからだった。

最初はセイヤやノリを疑《うたが》ったがどうやら彼《かれ》らではないようで、僕《ぼく》は1人でビラを貼《は》った犯人を捕《つか》まえようと、学校帰りに公園で夜まで張《は》り込《こ》むようになった。

そしてあの日の夕方。僕《ぼく》は遂《つい》に犯人を目撃《もくげき》することになる。

それは同い年くらいの見知らぬ男の子だった。

僕《ぼく》が公園の草木の影《かげ》から怒鳴《どな》ると、そいつは背《せ》を向けたまま逃《に》げ出《だ》した。慌《あわ》ててあとを追いかけ、僕《ぼく》は公園のトイレの中までそいつを追《お》い詰《つ》めた。
「なんでこんなことするんだ……お前、誰《だれ》だ?」
公衆《こうしゅう》トイレの薄明《うすあ》かりの中に立つそいつがゆっくりと振《ふ》り返《かえ》った。
その顔は僕《ぼく》と全く同じだった。
「リョウスケ?」突然《とつぜん》、背後《はいご》からセイヤの声がした。心配して僕《ぼく》をつけていたのだ。
「セイヤ、俺《おれ》だよ。早川リョウスケ。コイツ偽者《にせもの》だ。助けてくれよ」
偽者《にせもの》はセイヤに向かってそう叫《さけ》んだ。
頭のパズルのピースがつながった。間違《まちが》いない、こいつはミミクリさんだ。
しかも、あろうことかコイツは僕《ぼく》に化けた。僕《ぼく》を奪《うば》うために。
「違《ちが》うセイヤ、僕《ぼく》だ! 僕《ぼく》が早川リョウ……」ハッとして口を閉《と》じた。
なんてことだ、僕《ぼく》は今まさにミミクリさんの前で名前を口にしかけた。
パシャリ。
糸口となったのはセイヤの偶然《ぐうぜん》の行動だった。振《ふ》り返《かえ》ると彼《かれ》は僕《ぼく》とミミクリさんに向けてスマホで写真を撮《と》っていた。そして、撮った写真を見たセイヤは青ざめて言った。

「リョウスケ、下がれ！　は、早く！」

横を見ると、僕《ぼく》に化けたミミクリさんの目と口はだらりと広がり、そこから黒いモヤが出始めていた。そして、全身が黒いモヤに包《つつ》まれると、風に流されるように姿《すがた》を消した。

「セイヤ……なんで俺《おれ》だってわかったの？」

「見ろよ、これ」

セイヤが見せてくれたスマホの写真には、僕《ぼく》と隣《となり》に浮《う》かぶ黒いモヤが写っていた。

その後、僕《ぼく》とセイヤは〝写真で撮《と》れば見分けられる〟という対策《たいさく》と共にミミクリさんの情報を学校に広めた。けれど、この対策《たいさく》がいつまで有効なのかはわからない。

ミミクリさんとはいったいなんなのだろう……。

本当に生物でも非生物でもない、ウイルスのような存在《そんざい》なのかもしれない。

だとすれば、ミミクリさんはいずれまた別の姿《すがた》とやり方で子どもたちの前に現れるだろう。まるで、ウイルスがワクチンを乗《の》り越《こ》えて進化し続けるように。

美術館《びじゅつかん》からの招待《しょうたい》

「では、皆《みな》さんの〝美〟を思いっきり表現してみましょうね！」

中学校の美術の古谷《ふるや》先生はいつもそう言うだけでした。上手《うま》く作るためのアドバイスはくれますが、何が美しいものなのかについては教えてくれなかったのです。

いつも僕《ぼく》をからかうクラスメイトの宇崎《うざき》たち。美しさについて悩《なや》んでうろたえる僕《ぼく》がきっとマヌケに映《うつ》ったのでしょう。

その日の授業の課題は粘土《ねんど》で作る彫刻《ちょうこく》でした。

僕《ぼく》は読んでいた小説に出てくる神様が手にロウソクを持っている姿《すがた》をイメージして彫刻《ちょうこく》を作りました。しかし、作品発表の時間になると急に恥《は》ずかしくなって作品を自分で信《しん》じられなくなり、意図をうまく伝えることができませんでした。案の定、その後のお昼休みに宇崎《うざき》たちは発表時の僕《ぼく》の喋《しゃべ》り方をマネしてふざけあっていました。

宇崎《うざき》たちが憎《にく》いのか、それとも自分が憎《にく》いのか……。

モヤモヤした気持ちの答えは出ません。

そんなことを考えながら、いつもと違《ちが》う道を通って家に帰っていたその日の放課後《ほうかご》。僕《ぼく》は突然叫《とつぜんさけ》び出《だ》したいような気持ちに襲《おそ》われました。

そして、ビニール袋《ぶくろ》に入れて持ち帰っていた粘土彫刻《ねんどちょうこく》がとてもバカらしく思えて、通りがかったオンボロアパートの塀《へい》に思い切り叩《たた》きつけて壊《こわ》してしまったのです。

「おいおい！　何やってんのよ、君！」

オンボロアパートの1階から誰《だれ》かがこちらに向かってきていました。

「あ、す、すみません……」

その人は20代後半くらいのお兄《にい》さんで、ペンキ汚《よご》れだらけのシャツと短パン、そして肩《かた》にかかるくらいボサボサな巻《ま》き毛《げ》が印象的でした。

「いたずらって雰囲気《ふんいき》でもないけど、何をしていたの？」お兄《にい》さんは塀《へい》にぶつかってボロボロになった彫刻《ちょうこく》の残骸《ざんがい》が入ったビニール袋《ぶくろ》をのぞき込《こ》んできました。

「美術の授業で作った彫刻《ちょうこく》です……」

「あらぁ……すごい表情で壊《こわ》していたけど、よっぽど気に入らなかったんだね」

「クラスメイトにバカにされて、いいって思えなくなったから」

「だからって人の家の塀《へい》で……。あと、自分で美しいと感じたものは大切にしなよ」

「その美しいがわからないから壊《こわ》したんですよ」

「ずいぶんと真《ま》っ直《す》ぐなこと言うなぁ。あ、いやごめん」

「おじさんは何をしている人ですか？」

「僕《ぼく》は仕事でアートを作っている籠野《かごの》と言います。でも、全然売れないからバイトしてそのお金でまた作ってという感じだけどね」

「へぇー……アーティスト」

「僕《ぼく》も君と同じで、美しさが何かいまだに探《さが》しているような人間だよ」

そう言われて、心のモヤモヤが少しだけ軽くなったような気がしました。

「籠野《かごの》さんみたいなプロでも、先生と同じように美が何かわからないんですね」

「先生もそう言ったんだ。まあ、それを探《さが》し続けるのがアートなのかも」

「へぇー……」

「でもね、もうすぐ美の正体がわかるかもしれないんだ」

籠野《かごの》さんの瞳《ひとみ》が秘密《ひみつ》を打ち明ける子どものように光りました。普通《ふつう》ならその眼差《まなざ》しに怪《あや》しさを感じて警戒《けいかい》するのでしょう。けれど、僕《ぼく》はつい1歩踏《ふ》み込《こ》んでしまったのです。

籠野《かごの》さんがボロアパート1階にある部屋《へや》から何やらゴソゴソと運び出してきたのは、曲げた金属や透明《とうめい》な釣《つ》り糸《いと》、ガラスなどを組み合わせてできた大人《おとな》の背丈《せたけ》はあろうかという人形。まるで精巧《せいこう》な人体が金属などに置《お》き換《か》わったような不思議な作品でした。

「これが美の答え、なんですか?」

「これ自体が美の答えってわけじゃなくて、答えがある場所に近づく鍵《かぎ》ってところかな」

「鍵《かぎ》?」

「変に聞こえるかもしれないけど、僕《ぼく》ね、〝究極の美術館〟から展示《てんじ》の誘《さそ》いをもらったんだ」

籠野《かごの》さんの目が、僕《ぼく》らの見ている場所より遥《はる》か遠くを見ているようだったのが記憶《きおく》に残っています。

「ああ……あの素晴《すば》らしい美術館。もう何度も見た夢さ。そこはこの世ではないどこかにあって、美しさを求めるこの世ならざる者たちの作品が展示《てんじ》されているんだ。それらを展示《てんじ》している玉虫色の人たち。彼《かれ》らはきっと本当の美を知っている。僕《ぼく》はそこに作品を展示《てんじ》するつもりなんだよ」

さっきまで僕《ぼく》を気づかってくれていた人だとは思えない豹変《ひょうへん》ぶりに言葉を失《うしな》いました。

正直言って、籠野《かごの》さんは危《あぶ》ない人だったのだと思いました。なんでこんな変なことを言う人のそばまで近寄ってしまったんだろうと後悔《こうかい》したくらいです。

「あの、もうそろそろ帰らなくちゃいけないんで」

「嘘《うそ》じゃないんだよ。ある日夢からさめたら……ほら、これ見て」

籠野《かごの》さんがシャツの首もとを引っ張って見せてきた肩《かた》には、玉虫色にゆらゆらと輝《かがや》く不思議なマークが皮膚《ひふ》の内側から浮《う》き出《で》ていました。

あっけにとられている僕《ぼく》を見て、籠野《かごの》さんは笑いながら言ったのです。

「驚《おどろ》かせちゃってごめん。もう少し、多分1ヶ月ほどでお迎《むか》えが来る、そんな予感がするんだ……」


その日以来、僕《ぼく》はその道を通るのをやめました。

あんな変な人、本当にいるんだ。夢で見た異世界《いせかい》の美術館に行くだなんて。そんなことを信じる人、小学生にもいないよ。トイレで手を洗《あら》っているとき、家でご飯を食べているとき、ベッドの上でスマホをいじっているとき。何度も籠野《かごの》さんのことを考えました。けれどその度《たび》に思うのです。あのマークは偽物《にせもの》には思えなかったな、と。

そして1ヶ月後のある日。僕《ぼく》は再び彼《かれ》の家に足を運んでみることにしたのです。

日が落ち始めた夕暮《ゆうぐ》れ時《どき》。籠野《かごの》さんのアパートに明かりは点《つ》いていませんでした。

もしかしてお金がなくなって引《ひ》っ越《こ》してしまったのか。やっぱりあのときの話は真《ま》っ赤《か》な嘘《うそ》で、もう僕《ぼく》と話したことすら忘《わす》れているのでは。

そりゃそうだ。僕《ぼく》はなんて間抜《まぬ》けなんだ。大人《おとな》の嘘《うそ》に踊《おど》らされるなんて。

帰ろうとアパートに背《せ》を向けようとした瞬間《しゅんかん》。

パァッ。

籠野《かごの》さんの部屋《へや》から白い光があふれ出《だ》したのです。

その異様《いよう》な出来事に一瞬《いっしゅん》逃《に》げ出《だ》そうと考えましたが、気がつけば震《ふる》える足は部屋《へや》に向かっており、少し開いていた扉《とびら》のドアノブに僕《ぼく》は手をかけていました。

床《ゆか》中に散らばった絵の具や筆、彫刻刀《ちょうこくとう》。それらを使って壁《かべ》に描《えが》いたと思われる、大きな両開きの扉《とびら》。

そして、奇妙なことにその扉《とびら》は〝実際に開いていた〟のです。

扉《とびら》の向こうから漏《も》れている白い光とそこから吹《ふ》く風に当てられて腰《こし》を抜《ぬ》かしていた籠野《かごの》さんが、ドアの前で立《た》ち尽《つ》くす僕《ぼく》に気がつきました。

「き、君か!?　ああ、なんという運命の日だろう。まさか君が目撃者《もくげきしゃ》になるとは」

籠野《かごの》さんはうれしそうに涙《なみだ》を流していました。

「なあ、本当だっただろ？　ついにあの美術館への扉《とびら》が開いた！　ほら、君も行こう！」

籠野《かごの》さんはあの人形が入った大きなカバンを肩《かた》に背負《せお》って立ち上がると、もう片手《かたて》で僕《ぼく》の手をつかんで扉《とびら》の向こうに引っ張ったのです。

「え、ちょ、ちょっと待って……!!」

バタンッ！

扉《とびら》が閉《し》まると吹《ふ》いていた風はピタリと止《や》み、ひんやりと澄《す》んだ空気が漂《ただよ》う、目の眩《くら》むような白くて巨大《きょだい》な建物の中に僕《ぼく》らはいました。

「ついに、ここにやって来られた……」

籠野《かごの》さんは僕《ぼく》の手をつかんだまま震《ふる》える足で広い廊下《ろうか》を歩き始めました。

ペタッペタッペタッペタッ。

裸足《はだし》の籠野《かごの》さんの足音に混じって遠くからうっすらと聞こえてくるのはゴォォォォン……ゴォォォォン……という空気が震《ふる》えるような音。それを聞いているうちに、いったいここがどれくらい広いのか想像すらできなくなってきました。

廊下《ろうか》をしばらく歩いていると、豪華《ごうか》な手すりの付いた巨大《きょだい》な階段《かいだん》が見えてきました。その階段《かいだん》を上がっていった先にあったのは、超巨大《ちょうきょだい》な展示《てんじ》ホールのような場所。

驚《おどろ》くべきことに、本来天井《てんじょう》があるはずの場所には白く光る雲のようなものが視界《しかい》を覆《おお》い尽《つ》くさんばかりにゆらゆらと動いていました。

そして、その超巨大《ちょうきょだい》ホールには、バケツサイズの小さなものから巨大《きょだい》なビルサイズのものまで、長方形の透明《とうめい》なガラスケースのような展示物《てんじぶつ》が一定の間隔《かんかく》でズラリと並《なら》んでいたのです。しかし、ケースよりも驚《おどろ》いたのはその中身でした。

黒ずんだ炭のような肌《はだ》をした、真っ黒なドレスを着た20ｍはある目のない女性の巨人《きょじん》。

4つの光る眼《め》を持つロボットのような生命体。分裂《ぶんれつ》と融合《ゆうごう》を繰《く》り返《かえ》している宙《ちゅう》に浮《う》く巨大《きょだい》なクラゲのような生き物。頭部のほとんどが巨大《きょだい》な目という奇妙《きみょう》な人間サイズの生物。

そんな、この世の者ではない存在《そんざい》が無数に展示《てんじ》されていました。

『ようこそ。展示《てんじ》の方ですね』

声がしたほうを振《ふ》り返《かえ》ると、まるでボウリングのピンのような頭をした身長3ｍほどの玉虫色の肌《はだ》をした存在《そんざい》が2人立っていました。

「僕《ぼく》、夢でここに呼《よ》ばれた気がしたんです。ここできっと美が何かわかるって」

『こちらへ』

玉虫色の人の1人が涙《なみだ》を流している籠野《かごの》さんの横に並《なら》ぶと、背中《せなか》にそっと手を当てました。次の瞬間《しゅんかん》、2人はまるで見えないエレベーターに乗っているかのようにスゥーッと白く揺《ゆ》らめく天井《てんじょう》の雲の向こうに消えていったのです。

『あなたは展示《てんじ》の方ではありませんね？　開催《かいさい》前に入ってくるのはダメなのですよ』

その穏《おだ》やかな声は頭の中からしていました。

『さあ、出口までご案内《あんない》しましょう。展示内容《てんじないよう》はまだ口外なさらぬように』

ヒュッ…………ガシャーン！

雲の上から籠野《かごの》さんが作っていたあの金属製の人形が落ちてきました。

そして、白い雲の上からもう1人の玉虫色の人がケースと共に降《お》りてきて、僕《ぼく》らの目の前に着地しました。その中には、涙《なみだ》を流したまま固まっている籠野《かごの》さんがいました。

『彼《かれ》らはきっと本当の美を知っている』籠野《かごの》さんの言葉が頭をよぎりました。

「展示内容《てんじないよう》……？　あなたたちは美への答えを知っているのではないのですか……？」

『展示《てんじ》の題は〝美を求《もと》める者〟です。果《は》てぬ夢《ゆめ》を見るのはどんな気持ちなのでしょうね』

ここは美術館《びじゅつかん》などではなく、哀《あわ》れな者たちを閉《と》じ込《こ》める〝博物館《はくぶつかん》〟だったのです。

『さあ、もうお帰りの時間です。開催《かいさい》となったらお呼《よ》びいたしましょう』

彼《かれ》らが冷たい手で僕《ぼく》の肩《かた》を触《さわ》った次の瞬間《しゅんかん》、僕《ぼく》は籠野《かごの》さんの家の中に飛ばされていて、目の前の景色《けしき》と白い光は扉《とびら》が閉《し》まると同時に消え去りました。

不思議と恐怖《きょうふ》は感じませんでした。それよりも、頭にあったのは悔《くや》しさです。

彼《かれ》らが目もくれなかった籠野《かごの》さんの人形。僕《ぼく》には彼《かれ》らと宇崎《うざき》たちが同じに思えました。

美とはなんなのでしょう。もしかしたら誰《だれ》もが納得《なっとく》する答えなどないのかも。

それでも、無数の存在《そんざい》がそれをいつまでも追い求めるのは、美がどんな次元をも超《こ》えて広がる〝誇《ほこ》り高き呪《のろ》い〟のようなものだからかもしれません。

好《す》きなだけ笑《わら》えばいい。僕《ぼく》の皮膚《ひふ》の内側《うちがわ》からは玉虫色のマークが光り始めていました。

頭虫禍草《とうちゅうかそう》

「今月17日に稲之内《いねのうち》市で発生した傷害《しょうがい》事件に関して、逮捕《たいほ》された容疑者《ようぎしゃ》は警察《けいさつ》の取り調べに対して『怒《いか》りを制御《せいぎょ》できなかった』と犯行理由を語りました。この発言に対して世間からは強いバッシングが起きており、SNSでも犯人に対する非難《ひなん》が殺到《さっとう》しています」

春の日差しに照らされて緑に輝《かがや》く山々。たゆんでは戻《もど》りを繰《く》り返《かえ》す電線の波。ドライブ旅行で宿に向かっていた僕《ぼく》は、後部座席《ざせき》に座《すわ》って窓《まど》の外をボーッと眺《なが》めていた。

「『ムカついたから』という容疑者《ようぎしゃ》の幼稚《ようち》な犯行動機には虚《むな》しさを覚えますが、一方でこうしたニュースに激《はげ》しい怒《いか》りを覚える人が増えていることも心配です。怒《いか》りに身を任せてしまうのは、容疑者《ようぎしゃ》と私《わたし》たちの両方に共通する問題なのかもしれません」

車内のラジオからは、数日前に起きた悲惨《ひさん》な事件を伝えるニュースが流れていた。

「何を言っているんだか、このコメンテーターは。事件を起こした犯人を責める人は犯人と同じだって言いたいのか。なあ、母《かあ》さん？」

「ほら、前見て運転して」

「言われなくても運転しているだろ。スマホばっかり見ている人に言われたくないな」

「何よ、その言い方〜」

隣《となり》を見るとまだ妹の彩花《あやか》は寝息《ねいき》を立てている。僕《ぼく》は話題を変えようと両親に話を振《ふ》った。

「ねえ、あとどれくらいで着くの？」

「45分くらいかな。トイレは大丈夫《だいじょうぶ》か？」

「私《わたし》、お手洗《てあら》い行きたい」

話を遮《さえぎ》るようにそう言った母。それに返事をせずに運転する父。ため息を漏《も》らす僕《ぼく》。

こんな父と母だが昔は仲がよかった。けれど、彩花《あやか》が産まれたばかりの頃《ころ》に父の仕事が忙《いそが》しくなってしまい、よく育児を巡《めぐ》って夜中に口喧嘩《くちげんか》をするようなってしまったのだ。

今は落ち着いたが心の溝《みぞ》はまだ残っている。だから、『週末にドライブで1泊《ぱく》2日の家族旅行に行こうよ』と、そう僕《ぼく》が申し出たのだった。

「父《とう》さん、あれ」僕《ぼく》は道の先に見えた古びた看板《かんばん》を指差した。

「『キノコの里・下櫛田《しもくしだ》』か。休憩《きゅうけい》がてらちょっと寄ってみるか」

「……もう着いた?」

「おはよう、彩花《あやか》。まだだけど、ちょっと休憩《きゅうけい》できそうな場所見つけたから寄るよ」

何もない田舎道《いなかみち》の中に現れたキノコの里は、山につながるような緩《ゆる》やかな坂道が多い場所で、そこには古びた家々が並《なら》んでいた。

車を停《と》める場所を探《さが》していると『憩《いこ》いの場・山菜亭《てい》』という小さな茶屋を見つけた。出迎《でむか》えてくれた茶屋のおばあさんは物腰《ものごし》の柔《やわ》らかい人で、狭《せま》い車内から離《はな》れてようやくゆっくりと羽を伸《の》ばせそうだとホッとしたのを覚えている。

母がお手洗《てあら》いから戻《もど》ったあと、僕《ぼく》たちは冷たいお茶やジュースを注文して席に着いた。

外の日差しが入る代わりに店内の電気はほぼ点《つ》いていなかったが、それでも、壁《かべ》に飾《かざ》られた昔ながらの道具や、この辺りに住む人たちを撮《と》った写真は見ることができた。

しばらくするとおばあさんが飲み物と何かの小皿を持って現れた。

「これよかったら食べてみて。この辺りで採れるキノコだから」

おばあさんによると、この村はその昔キノコ採りの人が宿を求めて訪《おとず》れた宿場町《しゅくばまち》だったそうだ。時と共に街の人気は落ちたそうだが、今でもキノコは自慢《じまん》の品なのだという。

リーンリーンという風鈴《ふうりん》の音を聞きながら、コリコリとした食感のキノコを食べていると、旅の疲《つか》れが取れるような感覚がした。

彩花《あやか》が僕《ぼく》の袖《そで》を引っ張って外に行きたいと訴《うった》えてきた。

僕《ぼく》は兄という立場もあり「もう少し我慢《がまん》して」と小声で妹をたしなめたが、その様子に気がついたおばあさんが、「この辺りには老人しか居ないから安全ですよ」と両親に言ってくれたことで彩花《あやか》の願いは叶《かな》うこととなった。

母から「あまり遠くに行かないようにね」と釘《くぎ》を刺《さ》されたあと、僕《ぼく》らは店の外に出た。

下櫛田村《しもくしだ》は本当に静かな場所だった。日中は皆部屋《みなへや》にいるのだろう。そんな人の目の無い自由な空気のせいか、興奮《こうふん》した彩花《あやか》が突然僕《とつぜんぼく》を置いて走り出してしまった。

「おい、彩花《あやか》！」慌《あわ》てであとを追って坂道を駆《か》け上《あ》がったが、妹の姿《すがた》は見えなくなっていた。

しばらく辺りを探《さが》していると道の先から揉《も》め事《ごと》のような声が響《ひび》いてきた。

「勝手に人の家の物に触《さわ》るな!!」

年老いた男性と思《おぼ》しきその怒《いか》りの声で、彩花《あやか》が勝手に人様の庭に入《はい》り込《こ》んで迷惑《めいわく》をかけてしまったのがすぐわかった。

「すみません！　うちの妹がご迷惑《めいわく》をおかけしたみたいで！」

まだ彼《かれ》らの姿《すがた》が見えないうちから声を出し、小走りでそこまで駆《か》け上《あ》がったときだった。

その家の石垣《いしがき》から何か奇妙《きみょう》なものが飛び出していた。

思わず足を止めた僕《ぼく》はその〝奇《き》っ怪《かい》な頭〟から目が離《はな》せなかった。

巨大《きょだい》な赤《あか》ん坊《ぼう》のようなその頭にはビキビキとした血管と、まるでジャングルに生えている毒キノコのような不快なブツブツが所々に浮《う》き出《で》ていた。

「この子の家族か？」

老人がそう言うと、その不気味な頭は風船が萎《しぼ》むかのように見えなくなった。

「お兄《にい》ちゃん！　この人の肩《かた》から赤《あか》ん坊《ぼう》のお化けが出てきた！」

石垣《いしがき》の向こうから顔面蒼白《そうはく》の彩花《あやか》が飛び出してきて僕《ぼく》の足に抱《だ》きついた。そしてあとを追うように声の主もこちらに顔を出した。

現れたのはごく普通《ふつう》の老人。しかし、その肩《かた》にはまるで老人の怒《いか》りとリンクするようにこちらをにらむ奇妙《きみょう》な顔がくっついていた。

「気をつけてくれよ！　その子、うちの盆栽《ぼんさい》ひっくり返そうとしていたんだぞ！」

その顔は老人《ろうじん》の怒鳴《どな》り声《ごえ》に合わせて膨《ふく》らんだかと思うと、ボンッ！と音を立てて破裂《はれつ》し、白い煙《けむり》のようなものを辺《あた》りにまき散《ち》らした。

「うわぁぁ!!」　僕《ぼく》は老人に謝《あやま》ることも忘《わす》れ、彩花《あやか》の手を取ると慌《あわ》てて逃《に》げ出《だ》した。

お茶屋に戻《もど》ると両親はすでに車の中で待っており、僕《ぼく》らはドアを勢いよく開けて車内に飛び乗った。「どうしたの？」とか、そんなことを母が言ってきたが、パニック状態で伝えることはできなかった。我《われ》に返ったのは車が走り出してからだ。

「お、俺《おれ》たち変なキノコの怪物《かいぶつ》を見たかも」

今思えばもっと言い方があっただろう。結局、必死になって話した僕《ぼく》らの訴《うった》えはその日1番の笑いを両親にもたらしただけだった。

宿に着いてからも父は僕《ぼく》をからかい、母は「彩花《あやか》を怖《こわ》がらせるのもほどほどにしなさい！」と眉《まゆ》をひそめていた。

あれは幻《まぼろし》だったのかも、そうやって自分を落ち着かせながら僕《ぼく》はなんとか眠《ねむ》りについた。

「だから、あの開いていたパソコンのメール消しちゃったのかを聞いているんだよ！」

「知らないわよ！　私《わたし》は旅行で撮《と》った写真整理しようとしていただけです！」

翌朝《よくあさ》、隣《となり》の部屋《へや》の両親たちが怒鳴《どな》り合う声でぼんやりと目がさめた。また、いつもの痴話喧嘩《ちわげんか》か。帰る日の朝までやり合うなんて。まだ眠《ねむ》いのに静かにしてくれないかなぁ。

なんでそんなに怒《おこ》るんだよ……。

『勝手に人の家の物に触《さわ》るな!!』

ふと、脳裏《のうり》にあの老人の怒鳴《どな》り声《ごえ》と不気味に膨《ふく》れるあの顔が閃光《せんこう》のように走った。

「イヤァッ!!　あなた何その肩《かた》の!?」

「ウワァァアア‼　お前こそなんだよ、それ⁉」

廊下《ろうか》にまで響《ひび》くような両親の叫《さけ》び声《ごえ》が聞こえて僕《ぼく》はまた目をさました。

四《よ》つん這《ば》いの姿勢《しせい》で慌《あわ》てて隣《となり》の部屋《へや》のふすまをと開けると、目の前にへたり込《こ》む両親の肩《かた》に昨日《きのう》見たのと同じ不気味な赤《あか》ん坊《ぼう》の顔がブクブクと膨《ふく》らんでいた。

ふと隣《となり》を見ると彩花《あやか》が恐怖《きょうふ》で固まっており、僕《ぼく》は慌《あわ》てて顔を覆《おお》うように抱《だ》きしめた。

なんであれがここに？　まさか、破裂《はれつ》したときにまるでキノコが胞子《ほうし》をばらまくみたいに僕《ぼく》らにくっついていたとでも言うのか？

考えが駆《か》け巡《めぐ》り動けずにいると、廊下《ろうか》から誰《だれ》かが走ってくる物音に気がついた。

「お客様どうされました⁉」

部屋《へや》に駆《か》け込《こ》んできたのは旅館の女将《おかみ》さんら数人の従業員《じゅうぎょういん》たちだった。しかし、この不気味な有様を目にした彼女《かのじょ》たちの表情は不可思議だった。

どこか申《もう》し訳《わけ》なさそうな顔で僕《ぼく》らを見ていたのだ。

「お客様、落ち着いてください。それ、危害《きがい》は加えてきませんので」

女将《おかみ》は呆然《ぼうぜん》とする両親のそばに近づくと、持っていたハンカチで肩《かた》に生えていたその顔をぶちりとちぎり取った。

「ギィイイ……！」顔は声を上げるとすぐに萎《しぼ》んで枯《か》れた草の根のようになった。

あまりの出来事に固まってしまった僕《ぼく》らに女将《おかみ》は言った。

「怒《おこ》ると大きくなって破裂《はれつ》して、人の理性を狂《くる》わせやすくするのでお気をつけください。あと、非常に申し上げにくいのですが、ここまで育つとそれはもう取れないかと……」

その後、旅館の人たちは食ってかかる両親をなんとかなだめると、手厚く荷物を運んでくれ、車が旅館を離《はな》れるまで深々と頭を下げてくれた。

僕《ぼく》は車の中で女将《おかみ》さんが言ったことを何度も思い返していた。

「あの顔がいつからこの地に広がったのかは誰《だれ》も知りません。いつの間にか、そうとしか言いようがないのです。でもわかっていることは、引《ひ》き抜《ぬ》いても、引《ひ》き抜《ぬ》いても人が怒《いか》る度《たび》にそれはブクブクと醜《みにく》く膨《ふく》らんで破裂《はれつ》し、広がっていくということだけです。でも、安心してください。あの顔が見えるのはこの地域《ちいき》を抜《ぬ》けるまでです。お帰りになられてからは大きな問題にはならないと思います」

女将《おかみ》さんは怯《おび》える僕《ぼく》らを見ながら、同情するようにこう続けた。

「無闇《むやみ》に怒《おこ》らないようにするしかないのです。人は怒《いか》りからは逃《に》げられませんから」

窓《まど》の外で春の日差しに照らされて緑に輝《かがや》く山々。たゆんでは戻《もど》りを繰《く》り返《かえ》す電線の波。

「次のニュースです。先日、都内の飲食店で暴行事件を起こした従業員《じゅうぎょういん》を警察《けいさつ》が逮捕《たいほ》しました。警察《けいさつ》の取り調べで犯人はその動機を『ムカついたからやった』と述べており」

父も母も抜《ぬ》け殻《がら》のように黙《だま》ったままだった。

「父《とう》さん、ラジオ消そう」

女将《おかみ》は変わらないと言ったけれど、都会に帰ってから見る景色《けしき》は前と同じなのだろうか。

例えあの顔が見えなくても、僕《ぼく》らはもうその存在《そんざい》を知ってしまったのだ。きっと、怒《いか》りに満《み》ちたこの世界はすぐにあの不気味《ぶきみ》な顔に埋《う》め尽《つ》くされてしまうだろう。

謎《なぞ》の仕入先

「なあ、サトル。お前はなぜ料理が好きなんだ」

料理人を目指す中学生だった僕《ぼく》は、小さな漁師町・荒波崎《あらなみさき》にある父《とう》ちゃんの小さな食堂でいつものように魚のさばき方を習っていた。

「え、なぜって……好きな料理を自由に作れるのが楽しいからかな」

「昔ある人に同じことを聞かれて、サトルと同じように答えたことがあるよ」

父《とう》ちゃんが聞かせてくれた思い出話は、にわかには信じられないものだった。

昔の荒波崎《あらなみさき》ではほとんどの家庭が漁師をやっており、皆《みな》余った魚を分け合って食べていたそうだ。そんなわけで、町で外食ができる場所はほとんどなかったという。

だが、そんな町にも『荒浜《あらはま》食堂』という例外が1軒《けん》だけあった。

海風でさびついた看板《かんばん》に汚《よご》れた曇《くも》りガラスの扉《とびら》。入り口に貼《は》られたメニューはどれも家庭で食べられるものばかりで、お世辞にも魅力《みりょく》的とは言えなかった。

実際、通学路から離《はな》れた漁港のそばにあったこともあって客足は少なく、たまに前を通ると白い調理服を着た店主のおじいさんが1人で新聞を読んでいる様子が見えたという。

だが、ある日を境にそれは激変《げきへん》した。

その日、学校帰りの父《とう》ちゃんは久しぶりに荒浜《あらはま》食堂の前を通りがかかった。

いつもは閉《と》じていたガラス戸は開け放たれ、中から「ガハハハ！」という男たちの笑い声が聞こえてきたことに驚《おどろ》いた。

何事だろうと中をのぞき込《こ》むと、数人の漁師たちが酒盛《さかも》りをしていたそうだ。

「お、梅坊《ぼう》じゃないか！　トシさん、せがれが来《き》たぞ！」

漁師の1人に見つかって中に引《ひ》っ張《ぱ》り込《こ》まれると、父親の姿《すがた》があった。

「こんなところで飲んでいるなんて珍《めずら》しいね」

「最近、ここの主人が変わって味がグンとよくなったんだよ！」

そう上機嫌《じょうきげん》で話す父親の前のテーブルには、いつも家で食べるのとは雰囲気《ふんいき》が違《ちが》うお刺身《さしみ》が並《なら》んでいた。ほんのりと緑色をした油とお酢《す》が混ざったタレがまわしかけてあり、その上に黒コショウがかかっていた。

酒臭《さけくさ》い漁師たちの間に座《すわ》らせられた父《とう》ちゃんは、勧《すす》められるがままその見慣れぬ刺身《さしみ》を食べてみた。するとどうだ、これが魚の旨《うま》みがしっかり引き出されているのに、爽《さわ》やかな酸味と塩気、そしてこの薄緑色《うすみどりいろ》の油のコクが合わさって実に美味《おい》しいではないか。

「うまい、なんだこれ……」

「そうだろ。名前も洒落《しゃれ》てんだこれが、カルパナントカってやつでよ」

「カルパッチョですよ」店の奥《おく》から穏《おだ》やかな声が聞こえてきた。

声の主は次の料理を運んできた新しい店主だった。

「おおー、また見たことねぇ汁物《しるもの》が出てきたよ、こりゃ！」

盛《も》り上《あ》がる漁師たちをよそに、父《とう》ちゃんはその年齢不詳《ねんれいふしょう》のこざっぱりとした雰囲気《ふんいき》の主人から目が離《はな》せなかった。明らかにこの辺の人ではない空気をまとっていたが、同時によそ者を嫌《きら》う地元民の心にすっと入り込むような空気もあった。

父《とう》ちゃんの視線《しせん》に気がついた主人はニコリと微笑《ほほえ》んだ。

「九条です。荒浜《あらはま》食堂を数日前から引《ひ》き継《つ》ぎました。もしや、あなたが料理人を目指しているという噂《うわさ》の息子《むすこ》さんですか？」

「あ、はい。梅之助《うめのすけ》です」

「荒波崎《あらなみさき》はいい町ですね。新鮮《しんせん》な海《うみ》の幸《さち》と山の幸《さち》が両方手に入る」

「そんな、ほめるような場所じゃねぇよ！」

客の楽しげな笑い声。美味《うま》そうな料理の香《かお》り。そして彼《かれ》らを見て穏《おだ》やかに笑う九条さん。

父《とう》ちゃんはそのとき、自分がなりたい料理人の理想をそこに見たのだそうだ。

荒波《あらなみ》食堂はあっという間に地元の漁師たちの間で愛される店になり、父《とう》ちゃんも縁《えん》あって学校帰りに食堂の手伝《てつだ》いをするようになった。

その日も父《とう》ちゃんは食事の後片付《あとかたづ》けをしていた。

微《かす》かに聞こえる波の音と差《さ》し込《こ》むオレンジ色の夕陽《ゆうひ》。

「梅之助《うめのすけ》くんは、なぜ料理が好きなんですか」

「え、なぜって……好きな料理を自由に作れるのが楽しいから、ですかね」

逆光の中で見えた九条さんの微笑《ほほえ》んだ顔はまるで人形のようだったという。

「よかったら私《わたし》の試作料理の味見役になってもらえませんか。引き受けてくれたらお礼に料理の技《わざ》を教えてあげますよ」

夢への入り口は予期せぬタイミングでやってきた。それは願い続けた思いが叶《かな》う道か、はたまた、さめない幻想《げんそう》への道だったのか。父《とう》ちゃんはその申し出を受けたのだ。

味見役になって最初の日に出てきたのはお刺身《さしみ》だった。白身だけどほのかに薄紫色《うすむらさきいろ》をしたプルプルとしたその身は見覚えがないものだったが、ネットリとした舌触《したざわ》りととろりとした濃厚《のうこう》な旨《うま》みに魅了《みりょう》された父《とう》ちゃんは、すぐに平らげてしまった。

「これなんの魚ですか？」

「深海魚ですよ。これは問題なく食べてもらえそうですね」

別の日に出てきたのは青いソースがかかった見たこともない鶏肉《とりにく》の串焼《くしや》き。

「なかなか貴重《きちょう》な食材なんですよ。スズメのような見た目をした群れで暮《く》らす生き物でね。私《わたし》も初めて扱《あつか》う食材だったので、何羽か逃《に》げられて大変でしたよ。味はどうですか？」

「いやぁ、美味《おい》しいですよ。鶏肉《とりにく》のようだけど、なんだか爽《さわ》やかな後味もあってクセになります。しかし、九条さんは本当に珍《めずら》しい食材を使いますよね」

食べ終わったお皿に串《くし》を置き、今日《きょう》のレッスンは何かとウキウキしていると、九条さんは窓《まど》の向こうの海を見ながら言った。

「料理をしても罪に問われないなんて、ここは私《わたし》にとっては天国です」

「え、罪？」

「生きていくというのは他《ほか》の生物の命を食べることです。そこに美しさや楽しさを見出した料理という行為《こうい》を、彼《かれ》らは恥《は》ずべきものと思っているのです」

不思議がる父《とう》ちゃんに九条さんは話を続けた。

「好きな料理を自由に作り出せるのは素敵《すてき》なことなのです。やはり君は見込《みこ》みのある人です。君なら見せてもいいかもしれませんね」

九条さんは台所の奥《おく》にあった大きな金属扉《とびら》の前に立った。

「こちらへ」

父《とう》ちゃんはイスから立ち上がって彼《かれ》の元に駆《か》け寄《よ》った。

「驚《おどろ》くかもしれませんが、どうか落ち着いて」

九条さんがその扉《とびら》に手を添《そ》えると、見たこともない光る文字が浮《う》かび上《あ》がった。開いた扉《とびら》の向こうから光と音、そして嗅《か》いだことのない匂《にお》いワッとなだれ込《こ》んできた。

「な、なんですかこれ……」

「さあ、ついてきて」

そこは冷蔵《れいぞう》庫の中のように肌寒《はださむ》い、大きな布が何重にも重なった天井《てんじょう》をしたドームのような空間で、布の隙間《すきま》からは光が所々差《さ》し込《こ》んでいた。

だが、父《とう》ちゃんの度肝《どぎも》を抜《ぬ》いたのは、巨大《きょだい》な円形カウンターの真ん中に座《すわ》り、触手《しょくしゅ》をくねらせるブヨブヨと太った店主と思《おぼ》しき生き物。そして彼《かれ》の周りに並《なら》ぶ見たこともない食材たちのほうだった。

鎖《くさり》に吊《つ》り下《さ》げられた黄緑色の巨大《きょだい》な毛のない6足の動物。奇妙《きみょう》なうめき声をあげる口の付いたツタ状のフルーツ。薄《うす》い紫色《むらさきいろ》をしたタコのような脚《あし》を持った巨大《きょだい》な魚の水槽《すいそう》。

「どうです、すごいでしょう！　ここは料理という禁断の喜びを追求する者たちが密《ひそ》かに通《かよ》い詰《つ》める有名な闇市《やみいち》です。私《わたし》はいつもここで新鮮《しんせん》な食材を仕入れていたのですよ」

店に並《なら》ぶ客も奇妙《きみょう》な連中ばかりだった。

赤いレンズの入ったガスマスクのような物を付けたキツネ耳の男。２ｍはあろうかという2本足で歩く服を着たゾウのような顔の女。

彼《かれ》らは皆真剣《みなしんけん》な表情で食品を物色し、耳慣れない言葉で注文を繰《く》り返《かえ》していた。

注文を受けた店主は台座《だいざ》ごと浮《う》き上《あ》がると、触手《しょくしゅ》で握《にぎ》ったバカでかい包丁で極彩色《ごくさいしき》の生き物を切り分け、切り身をタッパーのようなものに入れてお客に手渡《てわた》していた。

まるで地元の魚市場のように活気にあふれているその光景は悪夢のようだったが、同時に強烈《きょうれつ》な好奇心《こうきしん》をかき立てるものでもあった。

「グジャラボンダァ」

こちらに気がついた店主が触手《しょくしゅ》をピチピチと鳴らしながら話しかけてきた。

父《とう》ちゃんが「ひいっ！」と悲鳴をあげると九条さんは笑っていたそうだ。

「ここでは人間は珍《めずら》しいのです。自信を持ってください。人間は尊敬《そんけい》されているのですよ」

「尊敬《そんけい》？」

「ええ。数ある世界の中でも、人間は最も残酷《ざんこく》で最も美しく命を食らう芸術家です。元いた場所で命をもて遊ぶ犯罪者として追われていた私《わたし》も、人間界で料理人になるという夢を諦《あきら》めずにようやくこの身体を手に入れました。梅之助《うめのすけ》くんは昔の私《わたし》にそっくりです。どうか、一緒《いっしょ》に料理の道を歩みませんか？」

噂話《うわさばなし》をしていた異形《いぎょう》の野次馬たちがゾロゾロと集まってきた。

「こ、来ないで」

「梅之助《うめのすけ》くん？」

「こっちに来ないでぇー!!」

父《とう》ちゃんは叫《さけ》びながらその場から走り去り、元来た入り口に飛《と》び込《こ》んだという。

それから数日後。

荒波《あらなみ》食堂はいつの間にかもぬけの殻《から》になっていた。

「あれだけの料理の腕《うで》だ。こんな町よりもっと大きな場所で店を開きたくなったのかもしれんなぁ」

父親は慰《なぐさ》めるようにそう言ったそうだ。

父《とう》ちゃんは荒波《あらなみ》食堂の跡地《あとち》を見て回る中で、ドアの隙間《すきま》に手紙が挟《はさ》まっていることに気がついた。

「その手紙には、なんて書かれていたの?」

僕《ぼく》がそう聞くと、父《とう》ちゃんは懐《なつ》かしそうな顔で手紙の内容を教えてくれた。

『君の中の料理への炎《ほのお》は消えることはないでしょう。私《わたし》たちは同じです。いつか、その好奇心《こうきしん》を自由にしてあげられるようになったら訪《たず》ねてきてください。貴方《あなた》の友人・九条より』

それからしばらくして父《とう》ちゃんは突然姿《とつぜんすがた》を消した。

僕《ぼく》には、なんとなく父《とう》ちゃんがどこに旅立ったのかわかる気がする。

お姉《ねえ》ちゃんの裏《うら》バイト

昔からお姉《ねえ》ちゃんは僕《ぼく》の手をしっかり握《にぎ》ってくれました。

恐怖《きょうふ》で震《ふる》えていても当然《とうぜん》だったのに、そんな風に感じたことは一度もありません。

あの日、僕《ぼく》たち一家は家から車で数時間の山奥《やまおく》のキャンプ場に来《き》ていました。

自然の中でお昼からダラダラとバーベキューを食べ、ボーッと薪《たきぎ》をくべ続けていた焚《た》き火《び》の灯《あか》りも小さくなった頃《ころ》、僕《ぼく》らはようやくテントの中で眠《ねむ》りにつくことになりました。

といっても、すぐに寝《ね》たのはお父《とう》さんとお母《かあ》さんだけ。当時幼稚園生《ようちえんせい》の僕《ぼく》は、経験したことのない静けさとまとわりつくような夜《よる》の闇《やみ》を感じて寝《ね》つけないでいました。

「お姉《ねえ》ちゃん。もう寝《ね》た？」

「起きているよ。どうしたの？」

「トイレ、一緒《いっしょ》に行って……」

ため息と共にモゾモゾと体を起こしたお姉《ねえ》ちゃんは、頭にベルト式のフラッシュライトを付けてダウンジャケットを羽織《はお》ると、僕《ぼく》の分も手渡《てわた》しました。

テントの外は真《ま》っ暗闇《くらやみ》で、空気は寝床《ねどこ》で温まっていた体の熱を奪《うば》うほど冷たかったです。

「お姉《ねえ》ちゃん、怖《こわ》いから手握《にぎ》っていて」

お姉《ねえ》ちゃんは差し出した僕《ぼく》の手をギュッと握《にぎ》り返しました。

まだ眠《ねむ》かったのか、お姉《ねえ》ちゃんは頭に付けているフラッシュライトで足元ばかり照らしており、僕《ぼく》はそのユラユラ揺《ゆ》れる灯《あか》りを見ながら歩きました。

体感的《たいかんてき》にそろそろトイレに着くと思ったとき、ふと、お姉《ねえ》ちゃんが振《ふ》り向《む》いて僕《ぼく》の前にしゃがみ込んだのです。

「ねえ、ユウマ。虫除《むしよ》けスプレーしてなかったよね。ほら、目つむって！」

おもむろにポケットから虫除《むしよ》けスプレーを取り出して僕《ぼく》に振《ふ》り掛《か》けたお姉《ねえ》ちゃんの表情《ひょうじょう》は、恐怖《きょうふ》を押《お》しこらえているようでした。

「いいって言うまで目閉《と》じていて」そう言うとトイレまで僕《ぼく》を引《ひ》っ張《ば》ったのです。

途中《とちゅう》〝白いゴムのような肌《はだ》をした誰《だれ》かの足〟を見たような気がしました。

トイレのあとで僕《ぼく》がそのことを伝《つた》えるとお姉《ねえ》ちゃんはこう言いました。

「大丈夫《だいじょうぶ》だからね、ユウマ」

それから6年が経《た》ちました。

僕《ぼく》は小学5年生になりクラスメイトと楽しい毎日を過ごしていました。

けれど、そうなるまでには辛《つら》いこともたくさんありました。一番辛《つら》かったのは、両親があのキャンプの数週間後に別れてしまったことです。

以来、お母《かあ》さんは1人で僕《ぼく》らのことを育てるようになり、高校2年生になったお姉《ねえ》ちゃんも大学進学をあきらめ、バイトをして家族を支えるようになっていました。

次に辛《つら》かったのは、前ほどお姉《ねえ》ちゃんが僕《ぼく》の面倒《めんどう》を見てくれなくなったことです。

別に冷たく当たるというわけではないのですが、なんとなく僕《ぼく》に関《かか》わることを避《さ》けている、もっと言うと僕《ぼく》に触《さわ》ることを避《さ》けているようでした。

高校生になったお姉《ねえ》ちゃんと手をつなぐのは僕《ぼく》だって恥《は》ずかしいですが、なんだか汚《きたな》いものにでも思われているようで腹《はら》が立ち、言い合いすることも増えました。

そして、季節はあっという間に過ぎて夏休み。

我が家は毎年の夏休みには母方のおばあちゃんの家で過ごしていたのですが、その年はお母《かあ》さんの仕事が忙《いそが》しく、予定していた日に行くことが難しそうでした。

「お母《かあ》さんの仕事が片付《かたづ》いてから一緒《いっしょ》に行くよ」

僕《ぼく》らはそう言ったのですが、お母《かあ》さんは「あなたたちだけでも先に行ってあげなさい」と聞かず、結局僕《ぼく》とお姉《ねえ》ちゃんの2人だけで出かけることになりました。

新幹線に乗るのは初めてで、僕《ぼく》は人混《ひとご》みの激《はげ》しい駅の中で何もできずお姉《ねえ》ちゃんのそばにくっついていました。お姉《ねえ》ちゃんならなんとかしてくれると思っていたのです。

けれど、駅に着いてからのお姉《ねえ》ちゃんの表情はいつになく曇《くも》っていました。

スマホの時刻表《じこくひょう》を何度も見ながら道をウロウロと行ったり来《き》たりして、時間だけが過ぎていく。

僕《ぼく》はそんな落ち着きのないお姉《ねえ》ちゃんの様子を見るうちにどんどんと不安になり、「ねえ、どっち行くの？」「大丈夫《だいじょうぶ》なの？」「間に合うの？」などと次々質問《しつもん》攻めにしてしまったのです。

「新幹線のホームまではこの地下通路行けば早いじゃん！　なんでここ通らないでわざわざ遠回りするの？」

「いいから言うこと聞いて」

地下通路の入口をちらっと見てから、こわばった表情でスマホに視線《しせん》を戻《もど》すお姉《ねえ》ちゃん。

「もういい！」

僕《ぼく》はお姉《ねえ》ちゃんから逃《に》げるように地下通路に歩き出しました。

誰《だれ》もいない地下通路に何をそんなにためらうことがあるのか理解《りかい》できなかったのです。

突然《とつぜん》、お姉《ねえ》ちゃんが僕《ぼく》の手を握《にぎ》りました。

「ユ、ユウマ、見ちゃダメ」

地下通路の先に誰《だれ》かが立っていました。

一見スーツを着た普通《ふつう》の人間のように見えました。けれど、その肌《はだ》は白いゴムのようで、顔はまるでパーティーグッズのマスクのように無機質でした。

「なんだ、あれ……」

そのぽっかりと開いた口と目は、夜中の闇《やみ》のように真っ暗でした。急にあの夜見た足が頭に蘇《よみがえ》り、心の中に恐怖《きょうふ》が噴《ふ》き出《だ》しました。

同時に強烈《きょうれつ》なめまいが僕《ぼく》を襲《おそ》い、すべてがスローモーションに見えたのです。

気がつくと、その怪物《かいぶつ》は獲物《えもの》を見つけたかのように僕《ぼく》に飛《と》びかかってきていました。

つかんでいた僕《ぼく》の手をグンッと引っ張り、その反動で僕《ぼく》の前に飛び出したお姉《ねえ》ちゃん。

グニャリと広がった巨大《きょだい》な口が、彼女の右腕《みぎうで》を飲《の》み込《こ》みました。

「お姉《ねえ》……ちゃん」

もうだめだと思った瞬間《しゅんかん》、奇妙《きみょう》な怪物《かいぶつ》の喉元《のどもと》にお経《きょう》のような文字が彫《ほ》られた警棒《けいぼう》が現れると、すごい勢いでそいつを引《ひ》き倒《たお》し、お姉《ねえ》ちゃんの腕《うで》が口からどろりと出てきました。

「先輩《せんぱい》、引《ひ》き剥《は》がして！」

お姉《ねえ》ちゃんを抱《かか》える刑事《けいじ》っぽい服装《ふくそう》の男の人。

「君、大丈夫《だいじょうぶ》かい？」

すべてが悪い夢のように思えました。頭を揺《ゆ》さぶるめまいの波に耐《た》えきれず、僕《ぼく》の意識はぷつりと切れました。

「ユウマ！　ああ、よかった」

気がつくと地下通路には人だかりができ、目の前には泣いているお母《かあ》さんがいました。

「あれ、怪物《かいぶつ》……いや、お、お姉《ねえ》ちゃんは？」

「おっと、急に起きない」

そう言って手袋《てぶくろ》をした手で僕《ぼく》を抑《おさ》えたのは、さっき奇妙《きみょう》な警棒《けいぼう》で怪物《かいぶつ》を取《と》り押《お》さえたポニーテールの女の人でした。細身の格闘家《かくとうか》を思わせる見た目と鷹《たか》のような鋭《するど》い目とは裏腹《うらはら》な笑顔《えがお》が、僕《ぼく》の恐怖《きょうふ》を少し和《やわ》らげました。

「お母《かあ》さん。暴漢は無事私《わたし》たちが取《と》り押《お》さえましたのでご安心ください。お姉《ねえ》さんは腕《うで》のほうにケガが見られたので、すでに私《わたし》たちが救急を呼《よ》んで病院にお運びしています」

「ありがとうございます。偶然刑事《ぐうぜんけいじ》さんたちがいたなんて……なんて幸運なんでしょう」

「幸運だったのは我々《われわれ》のほうかも」

女性は小声でそう言って立ち上がると、さっきからお母《かあ》さんと話している制服の上にジャケットを羽織《はお》っていた男性の元に歩いていきました。

「では、失礼します」

歩き去る2人を見ているうちに、なんだか幻覚《げんかく》でも見ていたのではという気持ちが湧《わ》き上がってきました。

「暴漢に襲《おそ》われたんだけど、偶然《ぐうぜん》その場に刑事《けいじ》さんたちがいて助けてくれたんだ。腕《うで》のケガもそんなに大したことないってお医者さんが言っていたから」

病院でお姉《ねえ》ちゃんは笑顔《えがお》でそう言いました。

暴漢だなんて。じゃあ、僕《ぼく》が見たあの白いゴムのような肌《はだ》の怪物《かいぶつ》はなんだったんだ。

1週間くらいしてお姉《ねえ》ちゃんは無事退院しました。右腕《みぎうで》には暴漢と争ったときにできたという黒いアザがありましたが、お姉《ねえ》ちゃんは「見た目ほどひどくない」と言うばかり。

それからしばらくして、お姉《ねえ》ちゃんは働いていたコンビニをやめて新たに警察署《けいさつしょ》の食堂でバイトを始めたと言い出しました。なんでそんな変なバイトをするのかとお母《かあ》さんと僕《ぼく》が聞くと、あのとき助けてくれた刑事《けいじ》さんたちに恩返しがしたいからだそう。

6年前にキャンプ場で見た白い肌《はだ》の人影《ひとかげ》。僕《ぼく》を遠ざけるようになったお姉《ねえ》ちゃん。地下通路で見た怪物《かいぶつ》。止めに入った奇妙《きみょう》な刑事《けいじ》たち。そしてこのお姉《ねえ》ちゃんの新たなバイト。すべてが納得《なっとく》できませんでした。

小雨が降《ふ》るある日。制服姿《せいふくすがた》でバイトに向かうお姉《ねえ》ちゃんのあとを追ったのは、6年前から続く疑念《ぎねん》に何かしらの答えが欲《ほ》しかったからだと思います。

電車をいくつか乗《の》り継《つ》いでお姉《ねえ》ちゃんが降《お》り立《た》ったのは、とある繁華街《はんかがい》の路地裏《ろじうら》。息を潜《ひそ》めて物陰《ものかげ》から様子を見ていると、道の先にあのときの刑事《けいじ》2人がいました。

笑顔《えがお》で手を振《ふ》る女刑事《けいじ》にお辞儀《じぎ》をしたお姉《ねえ》ちゃんは、持っていた大きなバッグから黒い手袋《てぶくろ》と両手を結んだような印が書かれた腕章《わんしょう》、そして肩《かた》にかけるホルダーと、あのとき見たお経《きょう》のような文字が彫《ほ》られた警棒《けいぼう》を取り出してテキパキと身に付けました。

「この辺にいるけど、まだ、はっきりは見えませんか？」

「あ、はい。すみません。気配は感じるのですが」

「あのときははっきり見えたのにねぇ。まあ、無理せずやろうよ！」

いったい、お姉《ねえ》ちゃんは何を話しているんだ。好奇心《こうきしん》を抑《おさ》えられなくなった僕《ぼく》は、手にスマホのカメラを構えて路地に顔を出しました。

「お姉《ねえ》ちゃん？」

「あ、あんた何やって……！」

お姉《ねえ》ちゃんが僕《ぼく》のそばに駆《か》け寄《よ》り、スマホを持っていた手首をギュッとつかんだそのとき、突然《とつぜん》、僕《ぼく》とお姉《ねえ》ちゃんの真横に大口を開けたゴム肌《はだ》の怪物《かいぶつ》が現れたのです。

異変《いへん》に気がついた刑事《けいじ》さんたちが、警棒《けいぼう》を抜《ぬ》いてこちらに走りに出すのが見えました。

しかし、彼《かれ》らが駆《か》けつけるよりも早く、お姉《ねえ》ちゃんはアザのある右手で握《にぎ》った警棒《けいぼう》を振《ふ》り抜《ぬ》いたのです。

グシャアッ!!　怪物《かいぶつ》の顔面に警棒《けいぼう》が思い切り叩《たた》き込《こ》まれていました。

まるで水風船が割《わ》れるように、怪物《かいぶつ》は弾《はじ》けて消えました。

「だ、大丈夫《だいじょうぶ》？　ケガは？」

「い、いったい何してんの、お姉《ねえ》ちゃん……？」

「ええと、バイト。頼《たの》まれたからちょうどいいかなって……」

この世には〝人を食べて人になろうとする姿《すがた》の見えぬ怪物《かいぶつ》〟がいて、そいつらを探《さが》し退治をする人々もいる。僕《ぼく》が刑事《けいじ》さんから聞いたのはそんな信じられないような話でした。

「アヤネさんにはその才能があるから声かけてみましたが」

「まさか、弟君の手を握《にぎ》ると力が溜まって奴《やつ》らが見えやすくなるとはねぇ」

「ユウマー！　お姉《ねえ》ちゃんバイト行ってくるからー！」

変わったことが寂《さび》しい日常もあれば、変わったことがうれしい日常もあります。

「うん、いってらっしゃい」

僕《ぼく》は差し出されたお姉《ねえ》ちゃんの手をギュッと握《にぎ》り返しました。

螺旋《らせん》ビル

「ホラ話」という言葉を知っていますか。

これは大袈裟《おおげさ》に言い立てられた作り話を指す言葉で、言《い》い替《か》えるなら「でたらめ話」のことです。

でも、なんで「でたらめ」を「ホラ」と呼《よ》ぶのでしょう。

これにはちゃんと理由があります。「ホラ」は漢字では「法螺《ほら》」と書き、大きな巻《ま》き貝《がい》のことを指すのですが、そんな法螺貝《ほらがい》にはとある伝説があるのです。

それは、法螺貝《ほらがい》は元々海ではなく山、しかも地面に潜《ひそ》んでおり、巨大《きょだい》に成長して地面から飛び出して山を崩《くず》し、その際に大きな自然災害を引き起こすというもの。

まるで怪獣映画《かいじゅうえいが》のようですが、昔の人もそんな伝説は嘘《うそ》くさいと思ったのか、大げさなでたらめ話をこの伝説とかけて「ホラ話」と呼《よ》ぶようになったそうです。

僕《ぼく》はこの伝説を妖怪《ようかい》話好きの学校の先生から教わったのですが、そのときにある疑問《ぎもん》をぶつけてみたことがあります。それは、なぜ海にいる生き物が地面の下にいるお話ができたのだろう、ということです。

先生はこう答えてくれました。

「昔は飲めるお水は地面を掘《ほ》って井戸《いど》から汲《く》んでいたでしょ？　だから昔の人は地面の下に現実とは異《こと》なる〝水の世界《せかい》〟があるって考えていたのかもね。なんて、まさにこれこそ〝ホラ話〟ってやつかな」そう言って先生は笑ったのを覚えています。

ですが、あの日僕《ぼく》が体験した出来事を振《ふ》り返《かえ》ると、昔から語られてきたこうした伝説はホラ話でもなんでもない本当の目撃談《もくげきだん》だったと思えて仕方がないのです。

始まりは小学5年生だったあの日の帰り道までさかのぼります。駅前に続く人通りの少ない道の途中《とちゅう》、僕《ぼく》は友達のヤマトくんとアオイくんと一緒《いっしょ》に学校から帰っていると、アオイくんが急に立ち止まって言ってきたのです。

「ここに何が建っていたか思い出せる？」

アオイくんの目線の先には鉄柵《てっさく》で覆《おお》われた空き地がありました。

「なんか取《と》り壊《こわ》されているね」

「言われてみると何が建っていたんだから思い出せないかも」

「だろ？　1週間くらい前から気がついていたんだけど全然思い出せないんだよ」

「ま、どうせ大したことないビルだよ。行こうぜ」

見慣れた建物だったのに、なくなると何があったのか途端《とたん》に思い出せなくなる不思議な感覚。そんなよくある話だと思いました。

「……アオイくん？」

けれど、歩き出した僕《ぼく》とヤマトくんの後ろで、アオイくんは立ち止まったまま空き地の一角を見つめ続けていたのです。

「ここで俺《おれ》たちは写真を撮《と》ったんだ」

アオイくんはスマホのカメラロールを突然《とつぜん》スクロールし始め、とある写真を見つけるや僕《ぼく》らに見せてきました。

「ホラ見ろよ、これ！　1ヶ月前にここで撮《と》っているんだよ！」

「本当だ。でも、全然《ぜんぜん》覚えてないや」

「この街なんか変だ。なんというか、すべてがボーッとしているというか、いつの間にか変わっていてその前が思い出せない」

「よくあることだと思うけど」

「……これ誰《だれ》だ？」

スマホをのぞき込《こ》んでいたヤマトくんが、そう言って写真に映《うつ》る人影《ひとかげ》を指差しました。

写真にはこの通りに建っていたと思《おぼ》しきビルの前でふざけ合う僕《ぼく》とアオイくんとヤマトくん、そしてもう1人見知らぬ少年が写っていました。

「うわ、怖《こわ》っ！　誰《だれ》だコイツ！　これもしかして心霊《しんれい》写真!?」

大騒《おおさわ》ぎするヤマトくんのそばで、アオイくんは何かを思い出して怯《おび》えているかのような表情をしていました。

そして翌日《よくじつ》、アオイくんは姿《すがた》を消し、僕《ぼく》らは彼《かれ》のことを忘《わす》れ去《さ》りました。

それから1週間くらい経《た》った、霧《きり》が出た日の帰り道。

その日はヤマトくんが体調不良で休んで帰り道が同じ友達がいなかったので、僕《ぼく》は1人で立《た》ち込《こ》める霧《きり》の中を帰っていました。

前触《まえぶ》れもなく街を覆《おお》い続《つづ》け、触《ふ》れれば通れるのにまるで壁《かべ》のように視界《しかい》をふさぐこの街の不思議な霧《きり》。

『この街なんか変だ。なんというか、すべてがボーッとしているというか』

聞き覚えのある言葉。いったい誰《だれ》の言葉だったのか思い出そうとすると、まるで霧《きり》の中に立つ人影《ひとかげ》のようにぼやけてしまう……。

頭で思い描《えが》いた人影《ひとかげ》がグラッと動きました。本当に人が立っていたのです。

白くモヤモヤした霧《きり》の中に浮《う》かぶその顔を見たとき、僕《ぼく》は突然《とつぜん》思い出しました。

「アオイくん？」

僕《ぼく》は友達をどうして記憶《きおく》から消していたのでしょう。

アオイくんの影《かげ》は滑《すべ》るように霧《きり》の中を歩き出すと、古い雑居ビルの中にスーッと消えていきました。僕《ぼく》は叫《さけ》んであとを追いかけ、そのビルに入ってしまったのです。

電気も点《つ》いていない薄暗《うすぐら》い1階は異常《いじょう》なほどジメジメとしていました。

「ウッ……」

湿気《しっけ》に混じる強烈《きょうれつ》な生臭《なまぐさ》さ。それに、ビルには不自然なほど人影《ひとかげ》がありませんでした。

そんな異様《いよう》なビルの真ん中にたたずむのは大きな螺旋階段《らせんかいだん》。

タタタッ……。

そこをアオイくんの後《うし》ろ姿《すがた》が駆《か》け上《あ》がっていくのが見えました。

「おい！　どこ行くんだよ！」

すぐあとを追って螺旋階段《らせんかいだん》を上《のぼ》りましたが、まるで追いつきません。

「ハァ、ハァ、ハァ」

アオイくんはここで何をしているんだ。いったいなぜ僕《ぼく》やヤマトくん、それに思い返せばクラスメイトや先生まで彼《かれ》の存在《そんざい》を忘《わす》れていたのだろう。

フロアを何階上がっても変わらない茶色い床《ゆか》と灰色《はいいろ》の壁《かべ》を横目に見ているうちに、果てのない迷路《めいろ》に紛《まぎ》れ込《こ》んでいるような気持ちになってきました。

ですが、無限に続くかと思われた時間は前を走っていたアオイくんが突然《とつぜん》ピタリと足を止めたことで終わりました。

「なんで、に、逃《に》げるんだよ、アオ……」

振《ふ》り返《かえ》った彼《かれ》の顔を見て僕《ぼく》の心臓《しんぞう》は縮《ちぢ》みあがりました。

彼《かれ》の顔にはツルツルと凹凸《おうとつ》がなく、霧《きり》の中で目や口だと思ったのは人の顔に見えるように描《えが》かれていた模様《もよう》でした。

グジュル……グジュル……ジュルジュル……。

何かがうごめく音が階段《かいだん》の上から聞こえて見上げると、まだまだ続くと思っていた上階はアオイくんの顔と同じ単なる模様《もよう》で、目の錯覚《さっかく》でそう見えていることがわかりました。

呆然《ぼうぜん》としている僕《ぼく》の前でアオイくん、正確にはアオイくんを模《も》した肉塊《にくかい》を、天井《てんじょう》の一部とつながっていた触手《しょくしゅ》が持ち上げたのです。

騙《だま》し絵のような天井《てんじょう》は8つに裂《さ》け、巨大《きょだい》な口が現れました。口の中にはネバネバした粘液《ねんえき》が垂《た》れ、小さな巻貝《まきがい》がモゾモゾと無数にうごめいていました。

ジュル……ジュババッ!!

「うわぁ!」

突然《とつぜん》、大きな口から粘液《ねんえき》が噴《ふ》き出《だ》して体にひっつき、急に恐《おそ》ろしさの実感が湧《わ》いてきた僕《ぼく》は、逃《に》げるように螺旋階段《らせんかいだん》を駆《か》け降《お》りました。

アオイくんは写真の男の子を追ってこのビルに入り、ここに巣食《すく》うこの巨大《きょだい》な化け物に食べられてしまった。

今思い返すに、僕《ぼく》が見たアオイくんは化け物が作り出した囮《おとり》、深海魚が体の一部を餌《えさ》のように見せかける「擬似餌《ぎじえ》」のようなものだったのでしょう。

この化け物にとって僕《ぼく》らは単《たん》なる餌《えさ》なのだと思うと悔《くや》しさと恐怖《きょうふ》で涙《なみだ》があふれました。

ジュルジュル……ジュルジュル……ジュルルルルッ。

化け物の立てる水音はあっという間に僕《ぼく》の真後ろにせまっていました。

階段《かいだん》を駆《か》け下《お》り、なんとか1階の扉《とびら》を開けて外に出た僕《ぼく》が後ろを振《ふ》り返《かえ》ると、開け放たれた扉《とびら》の奥《おく》にぶら下がっていた化け物が、グジュグジュと不快な音を立てながらビルの上に引き上げていきました。

助かった安堵《あんど》と同時に湧《わ》いた、自分はなぜ助かったのかという疑問《ぎもん》。

あの化け物はきっと僕《ぼく》などすぐに捕《つか》まえられたはず。

見上げたビルの窓《まど》からは白い霧《きり》がモクモクと吹《ふ》き出《だ》していました。

帰り道で何人かにすれ違《ちが》いました。けれど、濃《こ》い霧《きり》のせいで誰《だれ》も僕《ぼく》がベショベショに汚《よご》れているとは気がついていないようでした。そうしてようやくビルから離《はな》れた場所の公園にたどり着くと、そこのトイレで服や体を洗《あら》いました。

コロン……。

服に付いていた巻貝《まきがい》が剥《は》がれ落ち、ヌルヌルと動いて物陰《ものかげ》に消えるのが見えました。

そのとき、頭の中に〝僕《ぼく》はあの化け物から逃《に》げ出《だ》せたのではなく逃《に》がされただけなのではないか〟という思いがよぎりました。

「あの巻貝《まきがい》、あいつの子どもなんじゃ……」

あれはビルに住みつき、そこにいた人や擬似餌《ぎじえ》を使っておびき寄せた人を食べて成長する存在《そんざい》で、まるで法螺貝《ほらがい》の伝説で化け法螺貝《ほらがい》が山を這《は》い出《だ》して海に消えたように、時が来ると自分の子貝をこうやって獲物《えもの》にくっつけ、別の場所に住処《すみか》を広げているのかもしれません。

翌日《よくじつ》、僕《ぼく》はクラスメイトにこの恐《おそ》ろしい体験を伝えました。

「誰《だれ》だよ、アオイって。変な嘘《うそ》つくなよ」

『だから昔の人は地面の下に現実とは異《こと》なる〝水の世界《せかい》〟があるって考えていたのかもね。なんて、まさにこれこそ〝ホラ話〟ってやつかな』

どこからともなくやってくる霧《きり》は今もどこかで街の人を飲《の》み込《こ》み、その記憶《きおく》すら消し去っているのでしょう。

この街に残されるのは、僕《ぼく》のような哀《あわ》れな〝ホラ吹《ふ》き〟だけなのです。

モノグイサマ

「神饗奉祭《しんしょくほうさい》まであと3日しかないんだぞ！」

「まあまあ、兄《にい》さん。この荷物開けたら僕《ぼく》がそっち行きますよ」

「まったく……」

私《わたし》の父方の寄神家《よりかみけ》のおじいさんが急病で亡《な》くなった。そのお葬式《そうしき》と彼《かれ》が社長だった寄《より》神家《かみけ》が持つ林業会社を誰《だれ》に引《ひ》き継《つ》ぐのか決めるため、私《わたし》たち一家は町はずれのおじいさんの屋敷《やしき》に泊《と》まっていた。

本来ならばおじいさんが直接後継者《こうけいしゃ》を指名するはずだった。だが、今回の急死でそれは叶《かな》わず、後任の席は宙《ちゅう》に浮《う》いたまま。だからこそ、この屋敷《やしき》には私《わたし》たち一家の他《ほか》にお父《とう》さんの兄弟たちも集まっていた。

長男の正一おじさん一家、そして普段《ふだん》は都会で暮《く》らしている次男の貴二《たかじ》おじさん一家まで来て《き》おり、屋敷《やしき》は年末年始かと思うくらい賑《にぎ》やかだった。なかでも正一おじさん一家はここ数日いつも屋敷《やしき》の中をドタバタと動き回っていた。

正一おじさんが部屋《へや》から去ると父はため息をつき、思い出したように私《わたし》を見た。

「ホラ、緋実子《ひみこ》もちょっと手伝《てつだ》って」

「お母《かあ》さんの様子は誰《だれ》が見るの？」私《わたし》は屋敷《やしき》に来《き》てから体調を壊《こわ》し、熱にうなされながら寝込《ねこ》んでいる母を見た。

「口答えはなしだ。それにお母《かあ》さんの熱はもう下がっただろ。ほら、これをお社《やしろ》を作っている人たちのところまで届《とど》けなさい」

手渡《てわた》されたダンボールには、ギザギザとした白い紙でできたネクタイのようなものが入っていた。父が言うには神様を迎《むか》える場所を作るのに使う紙らしい。

布団《ふとん》で寝込《ねこ》んでいる母の頬《ほお》をなでたあと、私《わたし》はズシリと重い荷物を持ち上げた。

寄神家《よりかみけ》の屋敷《やしき》から裏山《うらやま》の一画に作られているお社《やしろ》までは数分の距離《きょり》だったが、ジリジリと照りつける日差しがキツかった。

すれ違《ちが》う地元の大工や町内会のおばさんたちは重い荷物を持って歩く女子中学生に心配そうな視線《しせん》を投げかけたが、私《わたし》が母の子どもだとわかると途端《とたん》に態度を変えて気付かなかったふりをした。

この町が5年に一度の〝神饗奉祭《しんしょくほうさい》〟を行うようになったのは明治時代の初め、今から150年以上も前だ。それは、とある山の民《たみ》が住みやすい土地を求めてこの辺りの山に移り住み、小さな町を作ったことから始まった。

彼《かれ》らが移り住んでから5年後、不可解な出来事《できごと》が起きた。

それは山の獣《けもの》や農作物、果ては町人までが突然姿《とつぜんすがた》を消すというものだった。そして、その怪現象《かいげんしょう》は必ず5年おきに起こった。やがて町で巫女《みこ》をやっていた女性は山の中で、この不可思議な失踪《しっそう》の原因となった存在《そんざい》と出くわすことになる。

〝モノグイサマ〟と言い伝えられるそれは5年に一度目をさまし、決まった量の動植物をその大きな口で飲《の》み込《こ》む、山に住む荒《あら》ぶる異形《いぎょう》の神だった。

巫女《みこ》はなんとかこの神を鎮《しず》めようと対話を重ね、1つの約束事を編み出した。

『5年の目覚めに合わせて我《われ》らが捧《ささ》げ物《もの》をご用意いたしますので、どうかむやみに食べるのはおやめください』。モノグイサマはこの申し出を受け入れただけでなく、捧《ささ》げ物《もの》への褒美《ほうび》として〝5年間続く願いごと〟も叶《かな》えてくれるようになった。

こうして巫女《みこ》はモノグイサマとの窓口《まどぐち》役となり、町の平穏《へいおん》と褒美《ほうび》を勝ち取ったのだ。

まるでおとぎ話のようだが、こうして5年ごとに新しいお社《やしろ》を裏山《うらやま》に建てて、お祭りをやるところを見ると、あながち嘘《うそ》でもないのかもしれない。

「お、緋実子《ひみこ》ちゃん、おはよう。しかし大きくなったねぇ、それは?」

「えっと、お社《やしろ》につける白いネクタイみたいなやつです。お父《とう》さんに持っていけって」

「ああ、紙垂《しで》のことね。じゃあ、儀式《ぎしき》もついに本番か。いよいよ兄貴《あにき》の好き勝手な振《ふ》る舞《ま》いもこれでおしまいだな……」

貴二《たかじ》おじさんと正一おじさんの仲は最悪だ。

その理由は寄神家《よりかみけ》が持つ〝権力《けんりょく》〟に関係している。

モノグイサマの力でいくら木を切り倒《たお》してもまたすぐに生えてくる不思議な山を持っていた寄神家《よりかみけ》は、林業でこの町を支配していた。その影響力《えいきょうりょく》は大きく、町長すら大きな事業をする際には寄神家《よりかみけ》に話を通すのが通例となっていたくらいだ。

だが、おじいさんが高齢《こうれい》になってくると、徐々《じょじょ》に正一おじさんが跡継《あとつ》ぎは自分だとでも言いたげな振《ふ》る舞《ま》いをし始め、それに貴二《たかじ》おじさんは不満を募《つの》らせたというわけだ。

そんな2人の喧嘩《けんか》をいつもなだめていたのが三男である私の父。

争いごとを好まない父の性格は跡目争《あとめあらそ》いからは縁遠《えんどお》く、町の人たちからも親しまれた。

笑顔《えがお》で父にあいさつしてくる町の人々は、ひそひそ声で口を揃《そろ》えてこう言った。

『跡目争《あとめあらそ》いに興味もないうえに、この町に災《わざわ》いをもたらした〝山代家《やましろけ》〟の人をお嫁《よめ》にもらうなんて本当にお優《やさ》しい人よねぇ』

私《わたし》はダンボールを町内会の人に無言で手渡《てわた》すと、日差しを避《さ》けて屋敷《やしき》に戻《もど》った。

その日の夜。私《わたし》はふと目をさました。

知らないうちに降《ふ》っていた雨がザァザァと窓《まど》を打ちつけている。

喉《のど》の渇《かわ》きを覚えた私《わたし》は水でも飲もうとそっと布団《ふとん》から出た。

1階の台所の前に差《さ》し掛《か》かったとき、父と貴二《たかじ》おじさんの話し声が聞こえてきた。雨音のおかげで2人は私《わたし》の足音に気がついていないようだった。

「貴二兄《たかじにい》さん、『捧《ささ》げる順番を変えればモノグイサマとの契約《けいやく》は変えられる』、僕《ぼく》がそう言っていたと正一兄《にい》さんに伝えるんだ。そうすればきっと食いつく。そして、正一兄《にい》さんが消えてから、貴二兄《たかじにい》さんがモノグイサマの前で〝本当の契約更新《けいやくこうしん》の儀《ぎ》〟をすればいい」

「『お社《やしろ》の戸板と紙垂《しで》を外してから捧《ささ》げ物《もの》をする』、お前の嫁《よめ》はそう言ったんだな？」

「ああ、それこそが〝巫女《みこ》の山代家《やましろけ》〟が受《う》け継《つ》いでいた〝本当の契約更新《けいやくこうしん》の儀《ぎ》〟さ。これでモノグイサマさまからのご褒美《ほうび》の内容を変えられる」

嘘《うそ》を並《なら》べる父の言葉を耳にしたことで、母が私《わたし》に語った父の姿《すがた》は本当だったとわかり、甘《あま》い幻想《げんそう》は崩《くず》れていった。私《わたし》はこのとき、長い因縁《いんねん》を終わらせる役割《やくわり》を受け入れた。

神饗奉祭《しんしょくほうさい》当日。深い森の中に建てられたお社《やしろ》の周りには寄神家《よりかみけ》の親族や関係者、更《さら》に町の神社の人たちが集まっていた。

「そんなに緊張《きんちょう》しなくても大丈夫《だいじょうぶ》だぞ。今日《きょう》はお祝いの日なんだから」

巫女《みこ》の装束《しょうぞく》に身を包んだ私《わたし》の肩《かた》を後ろからつかんだ父はニヤニヤと笑っていた。

ドンッ！　シャン！　ドンッ！　シャン！

紙垂《しで》に囲まれた祭壇《さいだん》の前。太鼓《たいこ》と鈴《すず》の音が交互《こうご》に響《ひび》きあう中、正座《せいざ》をして白装束《しろしょうぞく》に身を包んだ正一おじさんと神社の人たちが、一斉《いっせい》に不気味な呪文《じゅもん》のようなものを唱え始めた。

辺りの空気が静かに澄《す》んでいくのがわかった。

私《わたし》は隣《となり》で不安そうな表情で縮《ちぢ》こまる母の手を握《にぎ》って微笑《ほほえ》んだ。

「今、定められし供物《くもつ》をお納《おさ》めいたします！」

正一おじさんと神主《かんぬし》さんがそう叫ぶと、肉や魚の入った木箱を抱《かか》えてお社《やしろ》の中に入っていった。

木箱を並《なら》べ終《お》えると神主《かんぬし》さんはそそくさと外に出てきたが、正一おじさんさんは戸口で立ち止まり、外から見つめる貴二《たかじ》おじさんに向かって勝《か》ち誇《ほこ》ったように笑うと、ストンと音を立ててお社《やしろ》の木の扉《とびら》を閉《し》めた。

「神よ、どうか我《われ》らの願いを聞き入れたまえ」

ドンッ……！

扉《とびら》の向こうから鈍《にぶ》い音がした次の瞬間《しゅんかん》、突如《とつじょ》として正一おじさんの悲鳴が辺りに響《ひび》いた。

「お、お許しください！　これは手違《てちが》いで……きっと貴二《たかじ》のせいだ！　あいつが仕組んだんだ！　どうか私《わたし》を食べな……」

ガタガタガタガタッ！

お社《やしろ》を揺《ゆ》らす物音のあと、悲鳴は急に静まった。

そして、私《わたし》たちは腹《はら》の奥底《おくそこ》をつかまれるようなその恐《おそ》ろしい声を聞いたのだ。

『腹《はら》を満たしてやれば礼を欠いてもかまわぬと申すか』

悲鳴とざわめきが巻《ま》き起《お》こった。

「どうか我《わ》が愚兄《ぐけい》の行いをお許しくだされ！　私《わたし》が代わりを務めさせていただく！」

声を上げたのは貴二《たかじ》おじさんだった。

おじさんは怯《おび》える人々の間をずんずんと突《つ》き進《すす》むと、お社《やしろ》の入り口にぶら下がっていた紙垂《しで》を引きちぎり、バンと自信満々の顔で木の扉《とびら》を開け放った。

私《わたし》は貴二《たかじ》おじさんの背後《はいご》にせまっていた巨大《きょだい》な異形《いぎょう》の顔に目を奪《うば》われた。

3mはあろうかというフクロウのようなその巨大《きょだい》な顔には、真っ暗な2つの眼《め》と巨大《きょだい》な牙《きば》の並《なら》んだ口があった。そして、石を思わせる白い肌《はだ》には黒い血管《けっかん》が怒《いか》りで血走っていた。

そいつはバカッとありえない大きさに口を開けると貴二《たかじ》おじさんを飲《の》み込《こ》んだ。

「ギャァァアー！」「モノグイサマが暴れている！」「誰《だれ》かぁー！」

お社《やしろ》から飛び出した怒《いか》れる神を見て人々は泣《な》き叫《さけ》び、逃《に》げ惑《まど》っていた。

モノグイサマはその混乱《こんらん》を楽しむように笑っていた。

「さあ、緋実子《ひみこ》。今だ、お前が言うのだ。『巫女《みこ》の血筋《ちすじ》に免《めん》じてお許しください。そして、我《われ》が願いをお聞きください。我《わ》が父とその子らに尽《つ》きぬ富と力をお与《あた》えください』とな」

耳元で囁《ささや》く父の言葉を聞きながら、私《わたし》はあの日の母の言葉を思い出した。

『アタシやひみちゃんが町の人から嫌《きら》われているのは、私《わたし》の血筋《ちすじ》のせいなの。大昔に寄神《よりかみ》家《け》が〝そもそもモノグイサマを目覚めさせたのは巫女《みこ》の山代家《やましろけ》で、巫女《みこ》たちはその後始末をしたに過ぎない〟と人々を騙し、モノイサマとの窓口役を私《わたし》たち一族から奪《うば》ったの』

母は身分を隠《かく》し、復讐《ふくしゅう》を胸《むね》に寄神《よりかみ》家に近づいた。しかし、父はそんな母の思惑《おもわく》に気がつき、強欲《ごうよく》にもすでに手にしていた一族の恩恵《おんけい》を自分だけのものにしようと企《たくら》んだのだ。

〝僕《ぼく》も君と同じでこの欲深《よくぶか》い寄神家《よりかみけ》が嫌《きら》いだ。だからわかってくれ。僕《ぼく》は君の味方だ〟

父は孤独《こどく》に戦い続けていた母の心の弱さにつけ込《こ》み、巫女《みこ》の血筋《ちすじ》だけが契約《けいやく》内容を変えられるという秘密《ひみつ》を聞き出した。

私《わたし》はゆっくりと歩き出すと、目の前に浮《う》かぶ神を見て言った。

「山代家《やましろけ》を騙《だま》した寄神家《よりかみけ》全員を喰《く》わせてやる。私《わたし》の願いは、町の平和と寄神家《よりかみけ》の破滅《はめつ》だ」

「ハッハッ。なんと気前のよい巫女《みこ》じゃ」

大口を開けたモノグイサマが私《わたし》をすり抜《ぬ》けると、背後《はいご》で父たちの悲鳴が響《ひび》き渡《わた》った。

気がつくと寄神家《よりかみけ》の連中とモノグイサマは消え去っていた。

「泣かないで母《かあ》さん。全部リセットしただけだよ。次のお祭りはこんなに荒《あ》れないから」

私《わたし》は抱《だ》きついたまま泣く母の背中《せなか》をポンポンと叩《たた》いた。

チャーリー・チーズのハンバーガーパラダイス

『ハッピー・チャーリーズに来れば誰《だれ》もが幸せ♪　皆《みな》が集まるハンバーガーパラダイス♪　一緒《いっしょ》に食べれば心も満たされる♪　チャーリー・チーズが皆《みな》を待っているよ！』

その子ども用のプレイルームでは、ハンバーガーチェーンのＣＭソングを何度も、何度も、何度も、耳にタコができるくらい聞かされた。

黄色と黄緑色とオレンジ色がグニョグニョと混ざったようなカラフルな模様《もよう》のクッションが敷《し》き詰《つ》められた床《ゆか》。水色の天井《てんじょう》に描《えが》かれた嘘臭《うそくさ》い3つこぶの白い雲たち。そして、部屋《へや》の中央で塗《ぬ》り固めた笑顔《えがお》を振《ふ》りまいていたプラスチック製のピエロ像。

白と赤のチェック柄《がら》の三角帽子《ぼうし》と虹色《にじいろ》の髪《かみ》の毛《け》。真っ白な肌《はだ》と大きな赤い鼻は、今でもはっきりと思い出せる。

「ねぇ、一緒《いっしょ》に遊ぶ？」

「やめなよ、その子いつも1人でいるんだ。話しかけても無視《むし》するし」

遊んでいる子どもたちに声をかけられたことは何度かあった。けれど、僕《ぼく》がその声に応《こた》えたことは一度もない。なぜなら、その子たちは友達や遊んでくれている親がいたから。

そんな子たちと遊んでもきっと自分は笑顔《えがお》ではいられない。むしろ余計に寂《さび》しくなって泣いてしまうかも。そう思ったら胸《むね》が詰《つ》まってきて返事ができなかったのだ。

『ハッピー・チャーリーズに来れば誰《だれ》もが幸せ♪　皆《みな》が集まるハンバーガーパラダイス♪　一緒《いっしょ》に食べれば心も満たされる♪　チャーリー・チーズが皆《みな》を待っているよ！』

僕《ぼく》にできたのは防音扉《とびら》の向こうの席でうなだれるお母《かあ》さんを眺《なが》めることだけだった。

『ごめん！　バス乗《の》り遅《おく》れて15分くらい遅《おそ》くなるかも！』

『マジかよ〜。じゃあどっかで待っとくわ。この暑さじゃ外で待っていられねぇよ』

『なら、あの5階のハンバーガー屋入っていてよ。なんちゃらチャーリーのところ』

『ハッピー・チャーリーズな。了解《りょうかい》』

メッセージを打ち終えた僕《ぼく》はバスの後部座席《ざせき》にもたれかかり、窓《まど》の外の景色《けしき》を見た。田園風景の中にぽつんと建つあのショッピングモールは、何度見ても異様《いよう》な感じがした。

僕《ぼく》はクラスメイトの久保田《くぼた》くんと、この田舎町《いなかまち》のはずれにある古びた大型ショッピングモールに集まる約束をしていた。

別に深い理由はなかった。夏休みに暇《ひま》を持て余していた中で、久保田《くぼた》くんが『あそこのショッピングモールもうすぐ無くなるらしいから久々に行こうぜ』と言ってきたのだ。

バスから降《お》り、日差しから逃《に》げるようにショッピングモールの中に入った。中は冷房《れいぼう》が効いてひんやりとしていたが、どこかカビ臭《くさ》い古びた空気が漂《ただよ》っていた。

生まれたときからあったこのショッピングモール。日本の景気がよかったバブル期に建てられたものだそうで、幼稚園《ようちえん》の頃《ころ》によく訪《おとず》れていた記憶《きおく》がある。

その頃《ころ》の両親はよくケンカをしていた。お母《かあ》さんは僕《ぼく》を幼稚園《ようちえん》まで迎《むか》えに行ったあとすぐには帰らず、バスを降《お》りて1時間ほどモールの中にある大きなハンバーガーショップで休憩《きゅうけい》していたのだ。

久しぶりに訪《おとず》れたハンバーガーショップ『ハッピー・チャーリーズ』は古びており、賑《にぎ》わっていたあの頃《ころ》のお客さんたちの影《かげ》はどこにもなかった。変わらないのはカウンターにぼーっと突《つ》っ立《た》っているやる気のない店員だけ。

チーズバーガーのセットを頼《たの》み、僕《ぼく》はファストフード特有の安い揚《あ》げ油《あぶら》の匂《にお》いを感じながら、いつもお母《かあ》さんが座《すわ》っていた子ども用のプレイルーム前のテーブル席に腰掛《こしか》けた。

ポケットのスマホが騒《さわ》がしく鳴る。久保田《くぼた》くんからのメッセージだった。

『もう着いた?』

『うん、バーガー屋のプレイルームの前に席にいる』

『了解《りょうかい》。そういやあの部屋《へや》の中にいたピエロが子どもをさらうって噂話《うわさばなし》あったよな』

『あー、あったな。学校中があのピエロにビビっていたよね。プレイルームに閉《と》じ込《こ》めているとか、ハンバーガーにされたとか。結局噂《うわさ》が立った原因はわからずじまいだったけど』

『え、お前、原因知らなかったのか。これ母《かあ》ちゃんから聞いた話だけど、プレイルームでとある親が子ども遊ばせていたら突然《とつぜん》消えちゃったことがあって、それで客足が減って、いつの間にかピエロがさらったって噂《うわさ》ができたらしいぜ』

『へー。結構《けっこう》ゾッとする話かも、それ。俺《おれ》、昔お母《かあ》さんにあそこでほったらかしにされていたからさ』

『あ、ごめん変《へん》なこと言っちゃって。母《かあ》ちゃんから聞いていたお前のお母《かあ》さんの印象そんな感じじゃなかったからさ。まさかそんなことあったなんて……』

『なんの話？』

『え、いや、お前のお母《かあ》さんと俺《おれ》の母《かあ》ちゃんって結構仲よかったじゃん。あの失踪《しっそう》事件のあとくらいにお茶していたら泣きながら言われたんだって。あ、バス着いちゃったからあとで話すな』

「おい、なんだよ……」僕《ぼく》は食べ終わったハンバーガーの包み紙を丸めた。

『ハッピー・チャーリーズに来れば誰《だれ》もが幸せ♪　皆《みな》が集まるハンバーガーパラダイス♪一緒《いっしょ》に食べれば心も満たされる♪　チャーリー・チーズが皆《みな》を待っているよ！』

ふいに脳裏《のうり》に流れたあのCMソング。昔はうんざりしていたあの曲だが今はどこにも流れておらず、妙《みょう》に物寂《ものさび》しい気持ちがした。

会話の止まったスマホのチャット画面を眺《なが》めるのにも飽《あ》きた僕《ぼく》は、ふとプレイルームに目をやった。そこは電気が消えて薄暗《うすぐら》く、部屋《へや》の中央であの不気味なピエロが今も塗《ぬ》り固めたような笑顔《えがお》を振《ふ》りまいていた。

気がつくと、僕《ぼく》は吸《す》い寄《よ》せられるようにプレイルームの扉《とびら》に手をかけていた。治《なお》りかけの傷《きず》をチクチクと触《さわ》るうちに、僕《ぼく》の心は再《ふたた》び血を流してしまったのかもしれない。

キイッ。

パッと視界《しかい》が明るくなった。

黄色と黄緑色とオレンジ色がグニョグニョと混ざったようなカラフルな模様《もよう》のクッションが敷《し》き詰《つ》められた床《ゆか》。水色の天井《てんじょう》に描《えが》かれた嘘臭《うそくさ》い3つこぶの白い雲たち。

記憶《きおく》と違《ちが》ったのは、その極彩色《ごくさいしき》の不気味な光景《こうけい》がどこまでも続《つづ》いていたことだ。

『ハッピー・チャーリーズに来れば誰《だれ》もが幸せ♪　皆《みな》が集まるハンバーガーパラダイス♪　一緒《いっしょ》に食べれば心も満たされる♪　チャーリー・チーズが皆《みな》を待っているよ！』

ゴーッという空調とともにあのCMソングがどこからともなく響《ひび》いていた。後ろを振《ふ》り向《む》いたがそこにドアはなく、カラフルな通路と天井《てんじょう》が延々と続いていた。

「誰《だれ》かー！　誰《だれ》かいませんかー？」

不安にかられた僕《ぼく》の問いかけは無視《むし》され、返ってくるのはあのCMソングのみ。

いったいここはどこなんだ。僕《ぼく》は頭がどうにかなってしまったのだろうか。

そこから3時間、この無限に続くプレイルームをさまよった。だが、すべてがカラフルで息がつまるこの悪夢の世界から外に出る出口は見つからなかった。

黄緑色と紫色《むらさきいろ》をしたおもちゃのような三角屋根の住宅街《じゅうたくがい》に足を踏《ふ》み入《い》れたとき、僕《ぼく》はそれまでどこにもなかった人の痕跡《こんせき》を見つけた。

それは家の壁《かべ》にクレヨンで書《か》き殴《なぐ》られた奇妙《きみょう》な落書きだった。

【チャーリー・チーズは君の気持ちのすべてをわかっているよ！】

「なんだ、これ？」そっと落書きに手を触《ふ》れた。

『ブブブブッ……ッピー・チャーリーズに来れば誰《だれ》もが幸せ♪　皆《みな》が集まるハンバーガー

パラダイス♪　ブブブブッ……チャーリー・チーズが皆《みな》を待っているよ！』
響《ひび》いていたCMソングが突然《とつぜん》ノイズとともに大きくなり途切《とぎ》れた。瞬間《しゅんかん》、背後《はいご》に強烈《きょうれつ》な視線《しせん》を感じ、僕《ぼく》は後ろを振《ふ》り向《む》いた。

立ち並《なら》ぶ住宅街《じゅうたくがい》の庭先の1つに誰《だれ》かが立ち、こちらに手を振《ふ》っていた。

白と赤のチェック柄《がら》の三角帽子《ぼうし》。虹色《にじいろ》の髪《かみ》の毛《け》。真っ白な肌《はだ》と大きな赤い鼻。

幼少期《ようしょうき》の記憶《きおく》と恐怖《きょうふ》が一緒《いっしょ》になって込《こ》み上《あ》げてきた。

そのピエロには昔と大きく違《ちが》う点が2つあった。それは服に血がついていたことと、あのプラスチック製の笑顔《えがお》にヒビが入っていたことだった。

ポスッ！　ポスッ！　ポスッポスッポスッ！

チャーリーはわざとらしい動きで足を上げ、跳《は》ねるような大股《おおまた》でこちらに歩き出した。

「うわあぁぁぁ!!」僕《ぼく》は悲鳴をあげて走った。

『チャーリー・チーズは君の悲しみを知っているよ！』

走っても、走ってもCMソングとチャーリーの声はついてきた。

『いつも悲しそうにため息をついていたお母《かあ》さん！　ここに連れてきたのは育てるのに疲《つか》れちゃったからなんだ！　本当はね、君をここに捨《す》てていきたかったんだよ』

「ハァ……ハァ……ハァ……」走って息が上がるのと同時に心が締《し》め付《つ》けられる。

『君はそんなはずはないって思い続けていたけど、それを聞く前に……』

「うわぁ！」足がもつれて僕《ぼく》は転び、持っていたスマホが床《ゆか》に転がった。

『私《わたし》は事故で死んじゃったもんね……』

いつの間にか後ろにいたチャーリーの顔は半分欠け、涙《なみだ》を流すお母《かあ》さんの顔がのぞいていた。

後ずさりする僕《ぼく》の手にスマホが触《ふ》れる。そこには一通のメッセージがあった。

『あの話の続きだけどさ、失踪《しっそう》事件のあとくらいに俺《おれ》の母《かあ》ちゃんとお前のお母《かあ》さんがお茶したんだって。そのときに、『あの子のためにももっとしっかりしなきゃ。こんなところでぼーっとしていたら、あの子を見失っちゃうかも。事件のニュース見ていたら急に不安になっちゃった』って泣きながら言われたってよ。お前のお母《かあ》さん、お前が思うよりお前のこと大事に思っていたと思うぞ』

背後《はいご》から光が差《さ》し、振《ふ》り返《かえ》るとあの防音扉《とびら》があった。僕《ぼく》は立ち上がり、その扉《とびら》を開けた。

気がつくと僕《ぼく》はプレイルーム前のテーブル席で寝《ね》ており、目の前に久保田《くぼた》くんがいた。

「何寝《ね》てんだよ」

全部が夢のように思えたが、スマホには久保田《くぼた》くんのメッセージが確かに残っていた。

「それ。面と向かって言うのも恥《は》ずかしかったからさっき送っといた」

緊張《きんちょう》が一気に解け、涙《なみだ》がこぼれた。

「お、おい、大丈夫《だいじょうぶ》か」

「うん、もう大丈夫《だいじょうぶ》。それより別のところ行こうぜ」

「なんだよ、着いたばかりだぞ、俺《おれ》！」

『ハッピー・チャーリーズに来れば誰《だれ》もが幸せ♪　皆《みな》が集まるハンバーガーパラダイス♪

一緒《いっしょ》に食べれば心も満たされる♪　チャーリー・チーズが皆《みな》を待っているよ！』

一瞬《いっしゅん》、あのＣＭが流れた気がしたが、僕《ぼく》は振《ふ》り向《む》かなかった。

水族館で見たもの

食べ残した晩御飯《ばんごはん》の焼き魚は、私《わたし》にお箸《はし》で突《つつ》かれても力なく口を開いたままで、真っ白に濁《にご》った虚《うつ》ろな眼《め》はただじーっとこちらを見つめていました。

私《わたし》は昔から焼き魚があまり好きではありません。

食べ残す度《たび》に母は不満そうな顔でその理由を聞いてきましたが、なぜだかうまく言えなかったのです。味は別に嫌《きら》いじゃないし、むしろ美味《おい》しいと思うのに。

でも、このときふとどこを見ているのかわからない濁《にご》った白い眼《め》が不気味だからかもと思いました。

「みりあ、もうごちそうさま？　ここ最近食欲《しょくよく》ないみたいね」

「……お魚が飽《あ》きてきちゃっただけ」

「しょうがないでしょ～。こっちは都心と違《ちが》ってお魚のほうが安いんだから」

母はそうぶつくさ言いながら、まだ骨《ほね》に身が残った焼き魚の皿を片付《かたづ》けてくれました。

私《わたし》と母は春休みを利用して10日ほど前からこの海に囲まれた島にやってきました。

というのも、父がこの島の観光ビジネス計画、なかでも一番の目玉である巨大《きょだい》水族館建造プロジェクトに参加しており、それがついに完成したということで関係者だけの特別公開に呼《よ》ばれたのです。

元々全国から人が集まる観光地であったこの島。そんな島の新たな観光名所を作るべく、父はかなり気合が入っていたようです。実際、２年前から島に入っており、会社が用意した小さなマンションに住みながら仕事をがんばっていました。私《わたし》と母はマンションにお邪魔《じゃま》する形で、特別公開の日まで旅行を兼《か》ねて遊びに来《き》たというわけです。

「水族館見に行くのって、明日《あした》だっけ？」

「そうよ。そのために来《き》たんでしょ。本格的なオープンの前に関係者だけが中に入れる〝プレオープン〟。楽しみねぇ。お父《とう》さんから話には聞いていたけど、どれくらい大きな水族館になっているのかしら」

こっちに来《き》てからわかったのですが、父はいつも遅《おそ》くまで働いているようでした。けれど、帰ってきても疲《つか》れなど一切《いっさい》ないといった様子で、毎晩《まいばん》お酒を飲みながら母に「このプロジェクトは過去に例がないすごいものになるぞ！　こんな仕事に関《かか》われて俺《おれ》はうれしいよ！」と熱心に語っていました。

昔は眠《ねむ》そうな喋《しゃべ》り方だったのに、小さな寝室《しんしつ》のふすま向こうから聞こえてくる父の口調はまるで人が変《か》わったみたいにハツラツとしていました。

「みりあ、明日《あした》は今みたいに興味なさそうにボーッとしてないでシャキッとしなさいよ」

「別にボーッとなんてしてないし。興味は私《わたし》もあるよ」

父や母ほどではないかもしれませんが、私《わたし》も水族館がいったいどれほどのものなのか気にはなっていました。もっと言うと、あの父をここまで興奮《こうふん》させる理由がどこにあるのかを確かめたかったのです。

「ほら、着いたぞ！」

タクシーに揺《ゆ》られて降《お》り立《た》ったのは水族館脇《わき》の大きな駐車場《ちゅうしゃじょう》。プレオープン当日は雲1つない晴天で、降《ふ》り注《そそ》ぐ日差しと海から漂《ただよ》ってくる潮風《しおかぜ》が住み慣れない場所にいることを思い出させました。

「あそこの植《う》え込《こ》みが続いている石畳《いしだたみ》に沿《そ》って歩けばメインのエントランスだよ。ここの石畳《いしだたみ》を集めるのも結構大変でさぁ」

駐車場《ちゅうしゃじょう》から子どものようにはしゃいでいる父に導かれ、私《わたし》と母は水族館に向かいました。

いったいどれほど大きな水族館なのか。父の言葉から見上げるような巨大《きょだい》な建物を思《おも》い浮《う》かべていましたが、実物の水族館は意外にもこじんまりとした外観でした。

「お父《とう》さんが言っていたほど巨大《きょだい》って感じでもないね」

「こら、みりあ、そんなこと言わなくてもいいでしょ」

「いや、いいんだよ。みりあの言いたいことはわかる。話に聞いていたより小さいし、これまで行ったことのある水族館と変わらないって感じだろ」

「え、違《ちが》うの？」

「ふふ、さあ中へどうぞ」

水族館正面には扉《とびら》が左右それぞれあり、真ん中には大きな回転ドアもありました。扉《とびら》をくぐるとそこはまるで古代の海底神殿《しんでん》を思わせるような雰囲気《ふんいき》で、これまで行ったどの水族館とも違《ちが》うワクワク感を覚えました。

「へぇー、なんだか遊園地のアトラクションみたい！」

「そうだろぉ～」

「確かに外から見ただけじゃこのすごさはわからないかも」

「あなたの言っていた通り、今まであった水族館とはだいぶ違《ちが》うわね」

母は広いエントランスの中央にある奇妙《きみょう》な石像を眺《なが》めながらそう言いました。

「この世界観の作《つく》り込《こ》みには本当に苦労したからなぁ。コンセプトは深海の神殿《しんでん》さ。この石像も神殿《しんでん》を守る女神さまをかたどったものなんだよ」

女神様と呼《よ》ばれた石像は人間がねじれたような奇妙《きみょう》なデザインで、美しさと不気味さの間を行《い》き来《き》するような姿《すがた》をしていました。

「あとは、全体に淡《あわ》い水のゆらぎを再現したライトが照らしてあるのがわかるかい。まだここは地上1階部分だけど、すでに海中にいるような気持ちになるだろう」

「まだ1階って、外からは上にはもう階がないように見えたけど」

「そこがこの水族館の一番の売りさ。実はこの水族館は地下3階まであって、この1階から大きなエスカレーターで下っていけるようになっているんだ。まるで深海に降《お》りていくような感覚が味わえるぞ」

父の目線の先には、来場者を誘《さそ》うような青い光がゆらめく大きなアーチ状のゲートとエスカレーターがありました。

「では、深海への旅へご案内しよう」

ゲートをくぐりエスカレーターを降《お》りていくとそこは地下1階。目の前には視界《しかい》全部を覆《おお》うような巨大《きょだい》な水槽《すいそう》が広がっていました。その水槽《すいそう》はまるで本物の海を真横からのぞいているようで、向こう側が見えませんでした。

「うわぁ、広いねぇ！　なんで向こう側が見えないの？」

「それは鏡や投影《とうえい》した映像《えいぞう》を組み合わせているからさ。この水槽《すいそう》のすごさはそれだけじゃないぞ。なんとこの水槽《すいそう》のアクリルパネルは地下3階までぶち抜《ぬ》きで続いているんだ」

父の言葉通り、フロアの奥《おく》の巨大水槽《きょだいすいそう》に近づいていくと途中で床《ゆか》が途切れており、手すりの向こうから下の階が見下ろせるようになっていました。

フロア全体に響《ひび》くコポコポという水音の心地《ここち》よさ。

水槽《すいそう》のなかを泳ぎまわる回遊魚たちをしばし眺《なが》めていると、まるで自分が海の中にいるような気持ちがしました。

回遊魚の群れの中に白い人影《ひとかげ》のようなものが見えたのは、そのときです。

一瞬《いっしゅん》、水槽《すいそう》の清掃員《せいそう》さんかと思いました。でも、それはどう見ても清掃員《せいそう》ではなかったのです。

異様《いよう》に長い手と足。そして脇《わき》の間には半透明《はんとうめい》の水かきがあり、水中に立ったような姿勢《しせい》のまま、焼き魚のような白い眼《め》でこちらを見つめていました。

ゆっくりと大きな口が開きました。

『あぁおぉぉ』

はっきりと頭の中に奇妙《きみょう》な鳴き声が響《ひび》いたのです。

水槽《すいそう》の向こうの鳴き声など聞こえるはずがないのに。

そいつはふいに体を曲げると一気に加速して下に潜《もぐ》り、視界《しかい》から消えました。

私《わたし》は思わず地下へと続くエスカレーターを駆《か》け下《お》りていました。

なぜ自分が見たものを周《まわ》りに言うよりも先に走り出したのかはわかりません。でも、あの鳴き声を耳にしたとき、不思議《ふしぎ》と呼《よ》ばれている気がしたのです。

「こら、みりあ！」「走らないの！」背後《はいご》から聞こえる両親の声には気づいていました。けれど、あの生き物のあとを追いかけたくて仕方がなかったのです。

「ハァ、ハァ、ハァ」

最深部の地下3階はこれまでの階よりもどんよりと薄暗《うすぐら》かったです。

上がった息が収《おさ》まってくると、フロアに立ついくつかの人影《ひとかげ》に気がつきました。

父と同じくらいの年齢《ねんれい》のスーツを着た男性とその家族が合計で6組ほどいたでしょうか。あとは、この水族館の職員さんと思《おぼ》しき制服を着た男女も10人ほどいて、皆水槽《みなすいそう》の前で微動《びどう》だにせずに立っていたのです。

「もうすぐね」「時が来たのよ」「きっとたくさんの祈《いの》りが集まるわ」

地下3階は柵《さく》があったそれまでの階とは違《ちが》って水槽《すいそう》の前まで行くことができました。

私《わたし》はブツブツと奇妙《きみょう》なことを口走っている人だかりの間をすり抜《ぬ》け、青白い光を放つ巨大水槽《きょだいすいそう》に近づいていきました。

しかし、目の前にした水槽《すいそう》はどう考えても現実にはあり得ない状態でした。

不思議なことにさっきまで見えていたアクリルパネルはどこにもなく、代わりに本物の水面がそびえ立っていたのです。

ゆらゆらと揺《ゆ》らめく水面の向こうは、父が言っていた目の錯覚《さっかく》を利用したトリックなどではなく、本当にどこまでも奥《おく》に続いているように見え、そこにはあの白い人魚たちが何体も泳いでいました。

奇妙《きみょう》なのは奥行《おくゆ》きだけではありません。なんと、私《わたし》が駆《か》け下《お》りてきた3階分よりはるかに遠い距離《きょり》、もはや水面が見えないくらい水槽《すいそう》がどこまでも上へ続いていたのです。まるで2階から3階に降《お》りてくる間に無数の階があったのに、それらがスキップしてしまったような感覚に襲《おそ》われました。

「美しいだろ……この地下こそ水族館の心臓さ」

そばに父が立っていました。

「深い海の底と同じような場所」

両手を祈《いの》るように合わせ始める人々。

「祈《いの》る人を集められる場所」

一斉《いっせい》に叫《さけ》び声《ごえ》を上げ始める彼《かれ》らの笑顔《えがお》。

「向こう側と同じ環境《かんきょう》を作ることで我《われ》らが〝海淵《かいえん》の母〟をお迎《むか》えできるんだ」

泳ぎ回る白い人魚たちが一斉《いっせい》に散らばると、水族館全体が震《ふる》えるような轟音《ごうおん》と共に真っ暗な深海の奥《おく》から彼女《かのじょ》が姿《すがた》を現《あら》わしました。

真っ白な眼《め》の付いた無数の頭が集まってできている異様《いよう》な頭部。女性のような上半身とは裏腹《うらはら》に、背中《せなか》や下半身にはいくつもの巨大《きょだい》な触手《しょくしゅ》が伸《の》びていました。

父、人だかり、それに白い人魚たちそれぞれが一心不乱《いっしんふらん》に唱える奇妙《きみょう》な祈《いの》りの声。

海淵《かいえん》の母と呼《よ》ばれるそいつは、そんな祈《いの》り声をたやすく吹き飛《ふと》ばし、水族館全体を震《ふる》わせる凄《すさ》まじい声で唸《うな》ったのです。

ゴォオオオオオオオオオオオオオオオ……‼

私《わたし》は倒《たお》れるように意識を失いました。

気がつくと私《わたし》は水槽《すいそう》の前でボーッと立っており、辺りは元に戻《もど》っていました。

私《わたし》が見たのは幻《まぼろし》だったのでしょうか。

『向こう側と同じ環境《かんきょう》を作ることで我《われ》らが〝海淵《かいえん》の母〟をお迎《むか》えできるんだ』

父にその言葉について問いただしても、微笑《ほほえ》むだけで答えてはくれませんでした。

数日後、水族館は無事オープンし、今では大勢のお客さんが足を運んでいます。

秘密《ひみつ》のペット

「トワ、カイちゃんの面倒頼《めんどうたの》んでいい？　ちょっと部活の先輩《せんぱい》に呼《よ》び出《だ》されちゃって」

高校生の兄はとにかく真面目《まじめ》で人のために動く性格《せいかく》だった。ケガで仕事を辞《や》めた父に代わって働《はたら》くようになった母、そして当時中学1年の私《わたし》と6歳《さい》の弟のカイセイを支《ささ》えていた。

そんな風にいつも家庭が優先《ゆうせん》の兄が、ここ最近妙《さいきんみょう》に家を空けるのが引っかかった。

「さては、彼女《かのじょ》でもできたか……。あとでもつけてどんな子か確《たし》かめてやろうかな」

なんでそんな意地の悪いことを思いついたのか。多分、人のために動く兄と自分のことばかりな自身の性格《せいかく》を比較《ひかく》して、愚《おろ》かにも嫉妬《しっと》していたのだろう。

「僕《ぼく》も行く！」夏休みの絵日記コンテストに頭を悩《なや》ませていたカイセイが振《ふ》り向《む》いた。

「ダメ。絵日記終わらせな」

「だって描《か》くことないもん！　お兄《にい》ちゃんの話を描《か》けばいけるかもしれん」

「……途中《とちゅう》で飽《あ》きて騒《さわ》ぐなよ」

こうして、一生忘れることのないあの日の幕《まく》が開けた。

「お姉《ねえ》ちゃん暑い〜……アイス買って〜……」

尾行《びこう》を開始して20分。カイセイが案《あん》の定《じょう》グズり出した。

「出るときに騒《さわ》がないって言っていたのは誰《だれ》だよ……あれ、お兄《にい》ちゃんは？」

駄々《だだ》をこねる弟に目をやった隙《すき》に、前方を歩く兄が角を曲がって姿《すがた》を消そうとしていた。

「やば、見失《みうしな》う！」私《わたし》は弟の手をつかんで住宅街《じゅうたくがい》を走《はし》り抜《ぬ》けた。

誰《だれ》かの家にでも入られたらと焦《あせ》って角を曲がったが、そこは解体《かいたい》工事が途中《とちゅう》で放《ほう》り出《だ》されたような、コンクリート製《せい》の廃墟《はいきょ》がある木々に囲《かこ》まれた場所だった。

その場所は不思議《ふしぎ》と心が落ち着き、時間の止まった庭のような雰囲気《ふんいき》さえあった。

「こんなところで何やっているんだ……」

「それは俺《おれ》のセリフだよ」背後《はいご》から肩《かた》をガシッとつかまれた。

「うわぁ！」驚《おどろ》いて振《ふ》り返《かえ》ると前を歩いていたはずの兄がいた。

「さっきから騒《さわ》がしい声がすると思ったら。カイセイまで連《つ》れてきて何をしてんだ？」

「ビビったもう……いや、誰《だれ》かとデートでもしてるのかと思ってさ」

「は、デート？」

「もういいよ。それより、何ここ？」

私《わたし》たちの周りをカイセイがうれしそうに走り回っている。

「この前短期バイトの帰りに見つけたんだ。いい場所だろ。それ以来《いらい》たまに来《き》てる」

「へー、いいね、秘密基地《ひみつきち》じゃん。でも、ちょっと家から距離《きょり》あるのが難点《なんてん》だね」

「うわぁー！」廃墟《はいきょ》の中からカイセイの叫《さけ》び声《ごえ》がした。

「あれが遠出している理由かな」

慌《あわ》てて駆《か》け寄《よ》った廃墟《はいきょ》の物陰《ものかげ》で見たのは、しゃがんで手を伸《の》ばす弟と猫《ねこ》のような不思議《ふしぎ》な生き物だった。弟の腕《うで》をつかんで引《ひ》き離《はな》すと、その生き物は鳥のような脚《あし》を曲げてピョンと後ろに飛《と》び退《の》き、黒い真珠《しんじゅ》のような大きな目で私《わたし》を観察《かんさつ》していた。

「な、何こいつ!?」

青くフワフワとした毛並《けな》みに覆《おお》われていたが、首の両脇《りょうわき》の一部は毛の代わりに硬《かた》いゴムのような皮膚《ひふ》になっており、そこには4つの穴《あな》が空いていた。上にツンと伸《の》びた耳はその一部が欠《か》けており、驚《おどろ》いたことにその生き物には口がなかった。

「短期バイトの帰りにここから鳴き声が聞こえてさ。それがコイツだったんだ。妙《みょう》に懐《なつ》かれちゃって、ちょっとの間だけ俺《おれ》の秘密《ひみつ》のペットにしようかなって……」

そう言って兄はカバンから菓子《かし》パンを取り出してポンと放り投げると、この奇妙《きみょう》な生き物の驚《おどろ》くべき生態《せいたい》について教えてくれた。

生き物は菓子《かし》パンに近づくや黒い目をカッと開いて見つめ始めた。すると、突然《とつぜん》菓子《かし》パンが乳白色《にゅうはくしょく》の砂《すな》のようにサラサラと端《はし》から崩《くず》れ始《はじ》めたのだ。

「仕組みはわからないけど、これがこいつの食事の取り方なんだよ。すごいだろ?」

衝撃《しょうげき》の光景《こうけい》に大騒《おおさわ》ぎの私《わたし》とカイセイをよそに、食事を終えたその生き物は突然《とつぜん》何かを察知《さっち》したかのように起き上がると、廃墟《はいきょ》のほうに向かって走り出していった。

そこで目にしたのは、円を描《えが》いてクルクルと回る、宙《ちゅう》に浮《う》かぶ3つの光る点だった。

そして、その光る輪《わ》の中には見たこともない場所を浮《う》かび上《あ》がっていた。

「こ、これも隠《かく》していたの？」

「いや、俺《おれ》も初《はじ》めて見た……」

「ねえ、きっとここからこの子は来《き》たんじゃない？　迷子《まいご》だったんだよ！」

生き物をなでるカイセイの言葉は子どもっぽく突拍子《とっぴょうし》もなかったが、それ故《ゆえ》にこの生き物と目の前の異常《いじょう》な光景《こうけい》を納得《なっとく》させるのに、妙《みょう》な説得力《せっとくりょく》があった。

「こら、あばれるな！」突然《とつぜん》、生き物が弟の周《まわ》りをピョンピョンと飛《と》び跳《は》ねた。

そこからは一瞬《いっしゅん》の出来事だった。

弟が生き物を捕《つか》まえようととっさに手を伸《の》ばすと、それは光の輪《わ》の中に向かってジャンプし、捕《つか》まえようとした弟も一緒《いっしょ》になって消えてしまったのだ。

「カイセイ！」

次の瞬間《しゅんかん》、私《わたし》の体は弟を追いかけるように勝手に動いていた。

ビシュン!!

プールの水面に肌《はだ》を浸《つ》けるような、暑いところから涼《すず》しい場所に入った瞬間《しゅんかん》のような感覚《かんかく》が全身を包《つつ》むと、私《わたし》は見知らぬ場所に飛《と》ばされていた。

両手をついたのは青黒く冷《つめ》たい石の床《ゆか》。その上にまき散《ち》らされた白い砂粒《すなつぶ》。顔を上げると、そこは人がアリンコに思えるくらい高い柱が何本も並《なら》んだ、青と金色の装飾《そうしょく》で彩《いろど》られた神殿《しんでん》のような場所だった。

「うわぁ！」光とあのビシュンという音と共《とも》に兄もまたこちらにやってきた。

そのときに気がついたのだが、ゲートの脇《わき》には見たこともない言葉が書かれた白いハンドルの付《つ》いた奇妙《きみょう》な装置《そうち》があり、その上に不規則《ふきそく》に点滅《てんめつ》しながら高速でグルグルと回転する大きなガラスの目玉が浮《う》かんでいた。

「なんだ……ここ？　あ、トワ！　よかった。カイセイは？」

どこからか吹《ふ》いてくる風。サラサラと流れるフロア中に散《ち》らばった白い砂粒《すなつぶ》。

「それが、どこにも見当たらなくて……」

私《わたし》と兄はカイセイを探して建物内《たてもの》を歩き始めた。いったいどこまで続《つづ》いているのか見当《けんとう》もつかないその巨大《きょだい》な空間は、歩いているだけで距離感《きょりかん》がおかしくなるようだった。

しばらくして近くの柱の影《かげ》から「こっち！」と声がした。駆《か》け寄《よ》ると柱の影《かげ》で弟がしゃがんでいた。てっきり怖《こわ》がっているのかと思いきや、足元に転がっていた紐《ひも》の付《つ》いた光るゴルフボールサイズのガラスの目玉を興味深《きょうみぶか》そうに眺《なが》めていた。

「あんた、飛《と》び込《こ》んじゃダメでしょ！　何を考えてるの！」

「あの子がいなくなっちゃった……すごい勢《いきお》いで走っていくから追いかけたんだけど、柱に飛《と》びついて上のほうに消えちゃった」

「無事《ぶじ》でよかった。あの生き物のことはもういい。とりあえず、早く戻《もど》ろう」

「ほら、行くよ。そんなの捨《す》てて！」

弟は私《わたし》に手を引かれたことで拾おうとしていたガラスの目玉を床《ゆか》に落としてしまった。

すると、奇妙《きみょう》な音を立ててその目玉が光りを発し、空中に巨大《きょだい》な映像《えいぞう》が映《うつ》し出《だ》された。

その映像《えいぞう》に映《うつ》っていたのはこの場所だった。どうやら何かの式典《しきてん》の様子を録画《ろくが》したもののようで、大勢《おおぜい》の人々が私《わたし》たちが通ってきたあのゲートの前に所狭《ところせま》しと並《なら》んでいた。

「お次はなんだ……!?」ため息を吐いて振《ふ》り返《かえ》る兄。

「ねえ、ちょっと、何この人たち……全員目が1つしかないんだけど……」

その奇妙《きみょう》な人々はゲートの前で突然笑《とつぜんわら》い始《はじ》めると、それに反応《はんのう》するようにあの光る点が円を描《えが》き始め、その向こうに違《ちが》う景色《けしき》が現《あらわ》れた。そして、先ほど見た目玉の浮《う》かぶハンドルを1人が操作《そうさ》すると、輪《わ》の中の景色《けしき》が次々と切《き》り替《か》わった。

「こうやって色んな世界を旅していたんだ……」

「あ、見て！　あの耳！　ほら！」

とある場所で固定《こてい》されたゲートの中から、片耳《かたみみ》が欠《か》けた猫《ねこ》のような生き物を抱《かか》えて人が戻《もど》ってきた。それを見た群衆《ぐんしゅう》は大いに盛《も》り上《あ》がった。だが次の瞬間《しゅんかん》、なんとその生き物があの大きな目をカッと見開き、この異次元《いじげん》人たちを次々と砂《すな》に変《か》えだしたのだ。

そして、開いたままのゲートからは同じ生き物の大群《たいぐん》が飛《と》び出《だ》してきた。あっという間に群衆《ぐんしゅう》はパニックに陥《おちい》り、逃《に》げ惑《まど》う人がぶつかり装置《そうち》からは火花が上がった。そして、私《わたし》たちが可愛《かわい》がっていたあの生き物が撮影者《さつえいしゃ》に飛《と》びかかったところで映像《えいぞう》は途切《とぎ》れた。

「……ここから出よう、今すぐ」

カッチャカッチャ……カチャカチャカチャカチャカチャカチャ……！

無数《むすう》の気配が暗がりの向こうや、柱の上からせまってくるのがわかった。

私《わたし》たちは餌《えさ》としておびき出されたのだろうか。どちらにせよ、私《わたし》たちがあの異次元人《いじげんじん》たちと同じく、未知《みち》の生き物の野性《やせい》にあまりに無警戒《むけいかい》だったのは間違《まちが》いなかった。

必死《ひっし》にゲートの場所まで逃《に》げ戻《もど》り、上がった息を整えながら目線を後ろに向けると、あの生き物の群《む》れがわずか数十メートルのところまで津波《つなみ》のように押《お》し寄《よ》せてきていた。

慌《あわ》てて前に向き直ると、ガラスの目玉を手に持って立ち止まっている兄が目に入った。

「何やってんの、お兄《にい》ちゃん！　早く帰るよ！」

「でも、これ閉《と》じなきゃダメだろ。こ、ここで俺《おれ》が壊《こわ》すからお前ら先に行け」

いつも人のために行動してきた兄に嫉妬《しっと》していたのは、自分とは比《くら》べ物にならない存在《そんざい》だと思《おも》い込《こ》んでいたからだ。でも、このとき初《はじ》めて兄だって完璧《かんぺき》じゃないと思った。

「私《わたし》たちがどう思うか考えてよ！　というかそれ持って向こうで壊《こわ》せばいいじゃん！」

「あ……」

私《わたし》は兄とカイセイを押《お》し込《こ》むようにゲートに飛《と》び込《こ》んだ。

体を日差《ひざ》しが一気に包《つつ》み込《こ》む。だが、ゲートの向こうにせまる群《む》れを見た私《わたし》は、帰ってきた安心感《かん》に浸《ひた》る間もなく大慌《おおあわ》てで兄から光るガラスの目玉を奪《うば》い取《と》った。

ガシャーン!!　地面に叩《たた》きつけた目玉は派手《はで》に砕《くだ》け散《ち》り、ゲートは消え去った。

「はは……やったな、トワ」地面にへたり込《こ》んでいた私《わたし》に兄が手を差《さ》し伸《の》べた。

「やったなじゃないよ……次からペット飼《か》うときは絶対《ぜったい》家族に相談して！」

帰ると私《わたし》たちは母にこっぴどく叱《しか》られ、世界を救《すく》った英雄《えいゆう》たちはあと1週間残《のこ》っていた夏休みをすべて外出禁止《きんし》にされてしまった。唯一《ゆいいつ》、上機嫌《じょうきげん》だったのはカイセイだけ。

なんと、この出来事を描《えが》いた絵日記がコンテストで見事3位《い》を獲得《かくとく》したのだ。

ミノムシの森

これは1995年の夏休みに、当時小学生だった私《わたし》が体験した不思議な話だ。

あの日、私《わたし》は父と母の3人で母方の実家がある田舎《いなか》に帰省していた。

私《わたし》たちが暮《く》らしていた地域《ちいき》も中々に緑が多い田舎《いなか》だったが、そんな私《わたし》でさえ毎年夏に訪《おとず》れるこの祖父母の実家はしみじみと田舎《いなか》だなぁと思わされた。

辺りにあるのは田んぼと美しい小川。そして、青々とした山々ばかり。

「あら、そうなの！　それは大変ねぇー」

「おい、もっと飲まなきゃ〜！」

「アサ〜、たまこちゃん眠《ねむ》たがっているから2階に寝《ね》かせてきてくれない？」

この時期の祖父母の家は毎日ひどく賑《にぎ》やかだ。というのも、近くに住む叔母夫婦《おばふうふ》とその子どもたち。そして叔母《おば》の親友の板谷《いたや》さん一家が集まって宴会《えんかい》を開く習慣があったからだ。

昼食後、お酒と会話を楽しみ始めた大人《おとな》たちを尻目《しりめ》に、私《わたし》は同い年の従兄弟《いとこ》のカズキと大きなソファに座《すわ》ってテレビで流れている冒険映画《ぼうけんえいが》を見ていた。

「親戚《しんせき》でもないのに、たまこの面倒《めんどう》ありがとな」

「アンタじゃ寝《ね》かしつけられんもんね」

カズキは座《すわ》ったまま首を後ろに倒《たお》し、ちょうど背後を通り過ぎようとしていた板谷《いたや》家の娘《むすめ》・アサちゃんに声をかけた。

カズキにとってアサちゃんは兄妹《きょうだい》のようなものであり、歳《とし》の離《はな》れた小さな妹のたまこちゃんの面倒《めんどう》をよく見てくれる頼《たの》もしい存在《そんざい》だった。カズキはリビングから出ていくアサちゃんを見送ると、くるりと頭を戻《もど》してため息をついた。

「今年《ことし》こそお前の家に遊びに行こうって何度も父《とう》ちゃんに言ったんだよ。たまには都会に行こうぜって」

「だから、ウチは都会じゃないよ」

「ハァー、この辺マジで遊ぶ場所がないんだもん」

カズキがうなだれていると、横からかなり酔《よ》った状態のおじいちゃんが焼酎《しょうちゅう》の入ったコップを持ってソファにやってきた。

「……よっこらしょ。やっぱこっちのイスが柔《やわ》らけぇや。それにしても、ヨシノリも大きくなったなぁ～。大人《おとな》っぽくてカズキと同い年とは思えんわ！」

「それ毎年言っとるよ、じいちゃん」

「そうだったか？　じゃあ、お詫《わ》びにこの映画みたいな冒険話《ぼうけんばなし》でもしてやろうか」

「冒険話《ぼうけんばなし》？」

「俺《おれ》がお前らくらいの歳《とし》の頃《ころ》だったなぁ。〝ミノムシの森〟って俺《おれ》が呼《よ》んでいる場所に冒険《ぼうけん》しに行ったことがあるんだよ」

酔《よ》っ払《ぱら》っていたおじいちゃんの話はイマイチ要領を得なかったが、よく聞くとその内容は奇妙《きみょう》で私《わたし》たちの好奇心《こうきしん》を刺激《しげき》するものだった。

この辺りでも一番大きな山の中腹《ちゅうふく》辺り。深々とした森の中に２００人ほどが住む小さな村があり、その村の住人は山の外の人々とほぼ交流を絶って暮《く》らしていたそうだ。

1930年頃《ごろ》、当時小学生のおじいちゃんは友人と共にその森に肝試《きもだめ》しに行くことにした。

「意外と山道は整っていたな。きっと交流を絶っているとはいえ、なんだかんだ食料や物資やらを人里から手に入れる必要があったんだろう。村にも思っていたよりすぐに着いたよ。ただ、誰《だれ》もいねぇんだ。廃村《はいそん》って感じでもねぇんだが、人っ子1人いねぇ。『なんだここは？』って帰ろうとしたときにな、足元に差す木漏《こも》れ日《び》が変な揺《ゆ》れ方しているのに気がついたんだ。妙《みょう》にゆっくり揺《ゆ》れていてよ。変に思って上見たら、人が何人も高い木の上にぶら下がっていて、目が合うとズルズルと木の上に消えていったんだよ」

翌日《よくじつ》、私《わたし》とカズキは近所の神社の石垣《いしがき》に座《すわ》ってミノムシの森について想《おも》いを馳《は》せていた。

「……やっぱ昨日《きのう》のじいちゃん酔《よ》いすぎていただけじゃないのかなぁ。なんかの事件現場を見たって線が濃厚《のうこう》だと思うぜ」

「でもさ、じいちゃんが見たその木って多分クヌギとかナラの木だろ。アレって20m以上はあるぞ。わざわざ集団でそんなところまで登るか？」

「確かになぁ。なんかすごい気になってきちゃったよ。どうする、行ってみる？」

「ちょっとー、そんなところで何やってんの、アンタら～」

ベルを鳴らしながら神社前の道にやってきたのは、自転車に乗ったアサちゃんだった。

「話し声が聞こえると思ったら……で、なんの話？」

一度興味《きょうみ》を持ったらあきらめないアサちゃんに根負けしてミノムシの森について話すと、「私《わたし》も行きたい」とノリノリで食いついてきた。結局、私《わたし》とカズキとアサちゃんの３人で、そのまま自転車に乗って〝ミノムシの森〟に向かうことになったのだった。

20分くらい走った頃《ころ》だろうか、道の先に村に続くと思われる山道が見えてきた。

私《わたし》たちは入り口に自転車を停《と》めると山を登り始めた。

カズキが予想した通りこの辺りは背《せ》の高いクヌギやナラの木が生《お》い茂《しげ》っていて、サワサワと風にざわめきながら私《わたし》たちを見下ろしていた。

「アレ、村じゃない？」

アサちゃんが指差した先には苔《こけ》むした低い石段《いしだん》の上に木造三角屋根の家がポツポツと点

在しており、おじいちゃんが話した通り確かに小さな村があった。

正直、想像よりずっと小綺麗《こぎれい》で、どの家も普通《ふつう》に人が暮《く》らしていそうな雰囲気《ふんいき》があった。

「ここで〝ミノムシ人間〟を見た、かぁ。アンタたちおじいちゃんに騙《だま》されたね」

アサちゃんにケラケラと笑われた私《わたし》とカズキは急に自分たちが恥《は》ずかしく思えた。

「確かに、ミノムシ人間はないわな」

「やられたな、これは」

「ねぇ、道に迷ったの？」

見知らぬ声が会話に混ざっていた。

「え、うわぁっ！」

知らぬ間に私《わたし》たちの背後《はいご》に小さな女の子が立っており、不意をつかれたカズキは情けない声をあげて尻餅《しりもち》をついた。

「ビックリしたぁ～…！」起き上がりながらズボンの土を払《はら》うカズキを、女の子は緑色の透《す》き通《とお》った眼《め》で見つめていた。

「迷子《まいご》かい？」今度は家の奥《おく》から20歳《さい》くらいの若《わか》い男女がこちらに歩いてきた。彼《かれ》らは女の子の両親のようだったがこの辺りでは珍《めずら》しいくらいの若夫婦《わかふうふ》で、その眼《め》は女の子と同じ美しい緑色をしていた。

私《わたし》たちはおじいちゃんの話を確かめようと勝手に忍《しの》び込《こ》んだことを謝《あやま》った。すると彼《かれ》らは穏《おだ》やかな顔でこう返《かえ》した。

「ははは、気にしないでいいよ、きっとお祭りの準備を見たのかもなぁ。この村はちょうどこの時期に森の神様を祀《まつ》るお祭りをやるから。そのときに高い木に登っていろいろ飾《かざ》り付《つ》けをするんだけど、それを見て勘違《かんちが》いしたんじゃないかい」

期待していた不思議《ふしぎ》な事実は姿《すがた》を見せず、現《あらわ》れたのはなんてことない真相だった。アサちゃんは拍子抜《ひょうしぬ》けしている私《わたし》たちを見て「ま、いい冒険《ぼうけん》だったじゃん」と笑った。山道の入り口まで戻《もど》って自転車を漕《こ》ぎ出《だ》そうとしたとき、最後尾《さいこうび》だったカズキがボソッと言った。

「村でビビってコケたときに自転車の鍵《かぎ》落としたかも」

「2人ともどうしたのー？」すでに遠くに漕《こ》ぎ出《だ》していたアサちゃんが声をかける。

「大丈夫《だいじょうぶ》〜！　すぐ行くから先に帰っていて〜」

しばらくこちらを見つめていたアサちゃんだったが、ため息をついてから自転車に跨《また》がる
と夕暮《ゆうぐ》れの向こうに漕《こ》ぎ出《だ》していった。

「お前も戻《もど》っていいのに」

「いいよ、さっさと見つけて帰ろう」

また忍《しの》び込《こ》んだのがバレたら怒《おこ》られると思い、物陰《ものかげ》に隠《かく》れながらこっそりと山道を歩く。

私《わたし》たちは再《ふた》び黄金色《こがねいろ》に染《そ》まる森の中に足を踏《ふ》み入《い》れた。

そして、そこで見たのは先ほどとは異《こと》なり人であふれている村の光景だった。

村人のほとんどは子どもから20代前半くらいの若者《わかもの》で、彼《かれ》らはまるで山の奥《おく》に続く道を
作るかのように左右に並《なら》んでいた。

「なんだこりゃ。もしかしてさっき村の人が言っていたお祭りか？」

突然《とつぜん》、どこからともなく太鼓《たいこ》が鳴《な》り響《ひび》いた。

すると、家々から木の葉でできた衣装《いしょう》を着た肉付きのよい30代くらいの男女が現れ、若者《わかもの》たちが並《なら》ぶ間をゾロゾロと歩いて森に入っていった。

異様《いよう》な光景に目が離《はな》せなかった私《わたし》たちは息を潜《ひそ》めながらそのあとを追ってしまった。

そうして分け入った森の奥《おく》にそれは横たわっていた。

縦《たて》につるりと長い頭蓋骨《ずがいこつ》と真っ黒に落ちくぼんだ瞳《ひとみ》。うねうねと全身を覆《おお》う黒く奇妙《きみょう》な装甲服《そうこうふく》は所々砕《くだ》け、隙間《すきま》から異常《いじょう》な数の関節がある灰色《はいいろ》の骨《ほね》がのぞいていた。

優《ゆう》に8mはあろうかというその〝巨人《きょじん》〟は、大きな木の根元と一体化しているかのように倒《たお》れており、辺りの木々はその巨人《きょじん》の骨《ほね》と同じ灰色《はいいろ》に変色していた。

異変《いへん》に気がついたのはカズキだった。彼《かれ》は頭上から聞こえる物音に視線《しせん》を向けた。

私《わたし》も続《つづ》いてそちらを見上げると、高い木の上から触手《しょくしゅ》としか言いようがないものがズルズルと何本も降《お》りてきていた。

その木の触手《しょくしゅ》は先端《せんたん》をメリッと開くと、木の葉の衣装《いしょう》を着た大人《おとな》たちの頭に食いつき、そのまま全身を持ち上げて森の上にブラブラと何人も吊《つる》し上《あ》げ始めたのだ。

その光景は〝巨大《きょだい》なミノムシの群れ〟を思わせた。

どう考えても異常《いじょう》なその光景を見ても若《わか》い村人たちは平然としていた。

木の触手《しょくしゅ》からは何かを吸《す》い上《あ》げるような微《かす》かな音が聞こえたような気がしたが、それ以上《いじょう》知りたくなかった私《わたし》とカズキはそこから走るように逃《に》げ出《だ》した。

村人たちの声が後ろで聞こえた気がしたが振《ふ》り返《かえ》らずに必死に走った。そして自転車の後ろにカズキを乗せると、鍵《かぎ》が付いたままのカズキの自転車を残して走り去ったのだ。

夏休みが終わり家を離《はな》れる頃《ころ》になっても、あそこで見たことは誰《だれ》にも言わなかった。

噂《うわさ》が広まり、あの森の住人にのぞいていたことがバレることが怖《こわ》かったのだ。

数ヶ月が経《た》った頃《ころ》、自宅《じたく》に1本の電話がかかってきた。

「なんてこと……」

電話を切った母はカズキが行方不明《ゆくえふめい》になったことを告げた。

それ以来、私《わたし》は二度と祖父母の地元に近付いていない。

おじいちゃんのPC

ピーンポーン。

当時小学生だった僕《ぼく》には、インターホンを押《お》してからドアが開くまでの時間すらじれったく思えた。なんて恩知らずだったのだろうと思う。

きっと2人は重い体を動かしてできる限り早く開けようとしてくれていたはずだ。僕《ぼく》にできたことは何かあったのだろうか。この疑問《ぎもん》は、一生頭から離《はな》れることはないのかもしれない。

「お帰りなさい、タカちゃん。暑かったでしょ」

「ただいまー。そんなに暑くないよ」

「小学生は元気ねぇ〜。おじいさんなんて今日《きょう》ずっと『暑い』ってうなっていたのに」

おばあちゃんに続いてリビングに入ると、ひんやりと涼《すず》しい空気が体を包んだ。

「でも、部屋《へや》涼《すず》しいよ？」

「タカちゃんが来る頃《ころ》だってさっき点《つ》けたのよ。ね、お父さん」

ソファに座《すわ》っていた無口なおじいちゃんはその質問には答えず、老眼鏡をかけて厳《きび》しい顔で新聞を読んでいた。

「おじいちゃん、何読んでるの？」僕《ぼく》は荷物を下ろしながら食卓《しょくたく》のイスにどさっと座《すわ》った。

「パソコンやスマホを見ていた人が突然失踪《とつぜんしっそう》する事件が増えているって話だよ。なんだか知らんが、それに変な噂《うわさ》がついて回っているんだと」

「噂《うわさ》？」

「それよりタカ、学校どうだった？」

おじいちゃんは新聞と老眼鏡をソファ前のガラステーブルに置いて振《ふ》り向《む》いた。

「いつもと同じだよ。大人《おとな》ってなんでいつも皆《みな》学校どうだったって聞いてくるの？」

「そりゃ大人《おとな》がのぞき込《こ》めない世界だからだ」おじいちゃんは笑って言った。

そう言われてみると、確《たし》かに学校の中は外の大人《おとな》からはわからない。なんとなく大人《おとな》は全部自由にできるのかと思っていたとおじいちゃんに告《つ》げると、笑《わら》ってこう返された。

「おじいちゃんもタカと同じ年《とし》の頃《ころ》は、子どもは大人《おとな》の言うこと聞いてばかりで自由じゃないと思ったけど、いざ大人《おとな》になると仕事や子どもと背負《せお》うものが増《ふ》えて、いつの間にか見えないものに縛《しば》られていることに気がつくんだよ。さ、手洗《てあら》って来なさい」

「はーい……」僕《ぼく》は手を洗《あら》いにその場を離《はな》れた。

僕《ぼく》の家はお父《とう》さんもお母《かあ》さんも夜まで働きに出ている。学校から帰ったら家で夜までひとりぼっちになってしまうので、僕《ぼく》はいつもこうして近所に住むおじいちゃんとおばあちゃんの家に遊びに来《き》ていた。

友達からは「そんなの寂《さび》しいし退屈《たいくつ》そう」と同情されたがそうは思わない。だって、おじいちゃんの家はウチより広かったし、ほとんど使っていないおじいちゃんの大きなパソコンだって自由に使えたのだ。

洗面所《せんめんじょ》から戻《もど》った僕《ぼく》はリビングの端《はし》っこにあるパソコンスペースに座《すわ》り、大きなモニターとパソコンの電源《でんげん》を入れた。

画面が点《つ》くと森の中にある線路を撮《と》った美しい壁紙《かべがみ》が目の前に広がった。森の右奥《みぎおく》に向かって曲がる古びた線路。電車好きのおじいちゃんのために前に僕《ぼく》が探《さが》してあげた壁紙《かべがみ》だ。

画面の奥《おく》まで続く線路を見ていると吸《す》い込《こ》まれるような気分になるのであまり好きな壁紙《かべがみ》ではなかったが、おじいちゃんは喜んでくれていた。

ふとさっきのおじいちゃんの言葉を考えた。

こうやって僕《ぼく》が好《す》きに過《す》ごしている間にも、お父《とお》さんとお母《かあ》さんは僕《ぼく》のために働いているし、おじいちゃんとおばあちゃんも僕《ぼく》の面倒《めんどう》を見てくれているのか。

見えないものに縛られている大人《おとな》も、いつかは自由になれたらいいよなぁ、そう思った。

「なあ〝クロビト〟って知ってる?」

「ううん、聞いたことない」

「じゃあ、最近よくネットニュースとかで話題の〝パソコンやスマホを見ていた人が突然《とつぜん》消えちゃう〟っていう事件は？」

「あ、それなら聞いたことある。前におじいちゃんが読んでいた新聞で見た。でも、それとそのクロビトが何の関係があるの？」

「それがさ、その人たちは皆《みな》死んじゃう前にパソコンやスマホの画面にクロビトっていう変な存在《そんざい》を見たらしいんだよ。昨日《きのう》の夜調べたらめっちゃ怖《こわ》くてさぁ……」

「出会った人は消えちゃうのになんでそんな噂《うわさ》が残っているの？」

「消えちゃった人は皆《みな》消える前にSNSとか、友達へのメッセージとかに『黒い人を見た』って書き残していたらしいよ」

このときは、単《たん》なる噂《うわさ》だと思っていた。

その日家に帰ると、珍《めずら》しくおじいちゃんがパソコンの前に座《すわ》っていた。

「お帰り、パソコン今代わってあげるからな」

妙《みょう》にせかせかしたおじいちゃんの様子が気になった僕《ぼく》は、台所に飲み物を取りに行きがてら、おばあちゃんに何かあったのかと聞いてみた。

「タカちゃんたちとの海外旅行を考えているのよ、あの人」

その言葉に胸《むね》が高まった僕《ぼく》は、海外旅行の詳細《しょうさい》をおばあちゃんに色々聞いてみたが、

「おっと、まだ誰《だれ》にも言っちゃダメだったわね」と、それ以上《いじょう》は何も教えてくれなかった。

ソレに最初《さいしょ》に気がついたのは、モヤモヤしつつパソコンの前に座《すわ》ったときだった。

いつもの壁紙《かべがみ》に違和感《いわかん》があった。

森の右奥《みぎおく》に弧《こ》を描《えが》いて曲がる古びた線路。その線路の先に小さな黒い点があったのだ。

それは日に日に目につくようになっていった。

1週間が経《た》ったとき、黒い点の正体とそれが目につく理由に気がつき恐怖《きょうふ》した。

小さな黒い点だと思っていたのは人の影《かげ》だった。

光に照らされた森の線路の上、まるで光などすべて吸《す》い込《こ》んでしまうような真っ黒な人影《ひとかげ》が毎日少しずつ近づいていた。

その日から僕《ぼく》はおじいちゃんの家でパソコンを使うことをやめた。

翌日《よくじつ》の学校で僕《ぼく》はスマホで撮《と》ったパソコンの画面を友達に見せてみた。

「これってさ、前にマナブが言っていたクロビトって奴《やつ》だったりしないよね？」

「……実はさ、クロビトって〝死期が近い人〟のところに現れるみたいなんだよね。犠牲《ぎせい》になった人たちは皆《みな》重い病気や心を病《や》んでいたってSNSでこの前見たんだ……」

スマホ画面に写る拡大《かくだい》されてボヤけた影《かげ》は僕《ぼく》の心を飲《の》み込《こ》んでいった。

【黒ヶ丘《くろがおか》市在住　45歳《さい》・男性】

【沼上戸《ぬまかみど》町在住　50歳《さい》・女性】

【上橋之川《かみばしのかわ》市在住　24歳《さい》・男性】

【眠之宮《ねぶりのみや》市在住　14歳《さい》・女性】

夜中にクロビトにまつわる記事で若《わか》い犠牲者《ぎせいしゃ》を見つけたときの恐怖《きょうふ》は今でも忘《わす》れない。いても立ってもいられなくなった僕《ぼく》はベッドから降《お》りてリビングに向かった。

バラエティ番組が流れたままのテレビを背《せ》に、お父《とう》さんとお母《かあ》さんが食卓《しょくたく》でまじめな顔で向かい合って座《すわ》っているのが見えた。

「ホットミルクちょうだい」と言うと、お母《かあ》さんは僕《ぼく》の頭をなでてキッチンに向かう。

「ねぇ、お父《とう》さん。あのさ……死期が近いって自分でも気づくものなの？」

お父《とう》さんは飲んでいたビールの入ったコップから手を手放し、深いため息をついた。

「おじいちゃんの病気のこと心配していたんだな……。お前はもう大きいからわかると思うけど、お父《とう》さんもお母《かあ》さんも悲しんでおじいちゃんを送り出したくない。だから、タカヒロも強くいてほしいんだ。わかるね？」

「どういうこと？」

「ちょっとアナタ、タカヒロにはまだ言ってないのよ！」

『……実はさ、クロビトって〝死期が近い人〟のところに現れるみたいなんだよね』

『タカちゃんたちとの海外旅行を考えているのよ、あの人』

僕《ぼく》じゃなかった。死期が近いのはおじいちゃんで、最後の思い出を作るために海外旅行に行こうとしていたのだ。

「嘘《うそ》だ、嫌《いや》だそんなの！」

「おい、タカヒロどこ行くんだ！」

夢中で外に走り出した。

数分で着いた近所のおじいちゃんの家。僕《ぼく》はインターホンをガチャガチャと鳴らしたが
いつまで経《た》ってもドアは開かなかった。

ふと、庭先のほうからリビングの光が漏《も》れていることに気がついた。

僕《ぼく》は芝生《しばふ》の上をドタバタと駆《か》けて庭側のガラス戸に張り付き、わずかに開いていたカーテンの隙間《すきま》から部屋《へや》の中をのぞいた。

部屋《へや》の中にはおじいちゃんがいた。

顔を両手で覆《おお》い、何かに怯《おび》えているように部屋《へや》の真ん中で突《つ》っ立《た》っていた。

そして、部屋《へや》の灯《とも》りがスゥーッと消えると、おじいちゃんの背後《はいご》の壁《かべ》がまるで勝手に奥《おく》に伸《の》びていくように歪《ゆが》み始《はじ》める。気がつくと、部屋《へや》はパソコンの壁紙《かべがみ》と同じような、どこまでも奥《おく》に線路が続いている暗い森に変わっていた。

そして、そこからアイツはやってきたのだ。

男の人でもあり、女の人のようでもあった。真っ黒い真珠《しんじゅ》のような肌《はだ》をしていたが、手だけはまるで血管だけが宙《ちゅう》に浮《う》かんでいるかのように筋肉《きんにく》も骨《ほね》もなかった。

その顔には目も鼻もなく、あるのはむき出しの口とずらりと並《なら》んだ白い歯だけ。

アイツはまるで黒い煙《けむり》のように優雅《ゆうが》にその手をおじいちゃんの体にまとわせると、ヒュウッと森の奥《おく》に連れ去ってしまった。

瞬《まばた》きをした次の瞬間《しゅんかん》、そこはいつものおじいちゃんの家のリビングに戻《もど》っていた。


新たな失踪《しっそう》事件は世間を賑《にぎ》わせた。

何年経《た》ってもあの真っ暗な森の奥《おく》に引《ひ》きずり込《こ》まれていく姿《すがた》が頭から離《はな》れない。

『いつの間にか見えないものに縛《しば》られていることに気がつくんだよ』

きっと、ついに自由な場所におじいちゃんは行けたのだ。

僕《ぼく》はおじいちゃんとの思い出をいいものにするためにそう思うことにしている。

そう思わないと、怖《こわ》くて仕方ないから。

棲薇群島《セイラム》の怪《かい》

「もう2時間くらいか。雨宿りしたはいいけど、流石《さすが》にドリンクバーとポテトだけでここまで粘《ねば》るのも申《もう》し訳《わけ》なくなってきたし、なんか追加で頼《たの》むか〜」

高校の部活終わり、俺《おれ》は友人たち3人と駅前のファミレスに駆《か》け込《こ》んだ。

あとで知ったがその日は夕方から嵐《あらし》が来ると天気予報で言っていたそうだ。だが残念なことに全員がろくに予報を見ておらず、傘《かさ》も持ってきていなかった。

すぐに雨足が強くなり始め、ビニール傘《がさ》を買う暇《ひま》もなく一時避難《ひなん》とばかりにここに飛《と》び込《こ》んだというわけだ。

「止まねーなー、雨」

「でもさ、さっきよりは弱まった気もするし、もう一気に駅まで走らん?」

「まあ、確かに行けるっちゃ、行けるかぁ」

「いや、嵐《あらし》の日は外出ちゃマズイよ」

友人たちが俺《おれ》をきょとんと見つめる。

「あ、いや、俺《おれ》の地元だとそう言っていたから……」

「そう言うならまだ居てもいいけど。というか、滝沢《たきざわ》の地元じゃそんなルールあるんだ。なんて島だっけ？」

「棲薇群島《セイラム》」

「そこじゃ、こんくらいの嵐《あらし》でも外出るのはアウトなの？」

「こっちの感覚じゃあちょっとわかんないかもしれないけど、嵐《あらし》の日は本当に危険《きけん》だったんだよ」

ファミレスの窓《まど》に雨粒《あまつぶ》がバチバチと打ちつける様を見ているうちに、俺《おれ》は小さい頃《ころ》に育った島のことを思い出した。

9年前のあの嵐《あらし》の日、俺《おれ》は朝から居間の窓《まど》に打ちつける雨粒《あまつぶ》を見ていた。

小さい頃《ころ》は皆《みな》そうだと思うが、嵐《あらし》が来ているときは妙《みょう》に心が踊《おど》るもので、その日も妙《みょう》にワクワクしていたのを覚えている。温かいコタツの中から眺《なが》める嵐《あらし》は娯楽《ごらく》の少ない棲薇群《セイラム》の子どもにとってショーのようなものだったからだ。

けれど、そんな風に考えていたのは俺《おれ》だけで大人《おとな》たちは朝から大忙《おおいそが》しだった。

理由は3年に一度の夜に必ず起きる奇妙《きみょう》な大嵐《おおあらし》である〝鬼の風〟に備えるため。

吹《ふ》き荒《あ》れる暴風雨に備えて村中で食べ物や飲み物の備蓄《びちく》を分け合ったり、非常用の懐中電灯《かいちゅうでんとう》のチェックをしたり、港の漁船をいつもよりもしっかりと固定したりなど準備に力を入れるのだ。それに加えて各家の窓《まど》や玄関《げんかん》にはまるで商店のようなシャッターが付いており、嵐《あらし》が近づく頃《ころ》にはそれをガラガラと下ろすことにもなっていた。

「ほーら、こうへいちゃん、もうシャッター閉《し》めんべよー」

窓《まど》の外にせまる嵐《あらし》を楽しんでいた俺《おれ》の前を祖母が横切る。

「えー、もうちっといいじゃん！　ばあちゃんのケチ」

「それよりお祈《いの》りに出るお父《とう》ちゃんの心配してやり。こうへいちゃんは会ったことねえけど、じいちゃんも昔、お祈《いの》り中に逝《い》っちゃったんだべから」

〝お祈《いの》り〟。それは棲薇群島《セイラム》の大人《おとな》の男たちが参加する行事で、鬼の風の夜に島の周囲を男たちが点々と取り囲み、そこで嵐《あらし》に対して祈《いの》りを捧《ささ》げるというものだった。

島の各所に取り付けられた鉄柵《てっさく》に命綱《いのちづな》をくりつけ、白装束《しろしょうぞく》に身を包んだ男たちが必死に祈《いの》りを捧《ささ》げる。祖父や母からこの奇妙《きみょう》な儀式《ぎしき》のことを教えられたとき、これだけ嵐《あらし》から家を守ろうとするのに、なぜわざわざ嵐《あらし》の中に飛び出すのだろうと疑問《ぎもん》に思ったこともあった。だが、大人《おとな》たちはこれを大切な伝統として扱《あつか》っている様子で、子どもが口を出せる雰囲気《ふんいき》ではなかったのだ。

「ばあちゃんの言う通り、鬼の風のお祈《いの》りは大変なんだぞ」

荷物を抱《かか》えて玄関《げんかん》に向かっていた父が祖母と俺《おれ》のやりとりに反応して言ってきた。

俺《おれ》は閉《と》じられたシャッターをボーッと見つめながら気の抜《ぬ》けた返事を返す。

「まったく、のんきなもんだ。じゃあ、お祈《いの》り行ってくんな」

これが父との最後の会話だった。

ビュオォォォォォ!!　ガタガタガタ!!　バチバチバチバチ!!

猛烈《もうれつ》な風と雨が一晩中《ひとばんじゅう》シャッターを揺《ゆ》らし続けた。

興奮《こうふん》する俺《おれ》をよそに、母と祖母は恐怖《きょうふ》と不安を押《お》し殺《ころ》すような表情で居間のコタツに座《すわ》り、カチコチと音を鳴らす時計《とけい》を見つめていた。

「心配しすぎだよ。きっと父《とう》ちゃんは大丈夫《だいじょうぶ》さ」

そう言ったのは2人を慰《なぐさ》めようとしたからだった。しかし、その言葉を聞いた母は俺《おれ》を抱《だ》きしめて涙《なみだ》を流したのだ。

そしてその日、父は海に投げ出されて命を落とした。

日常は嵐《あらし》と共に去り、戻《もど》ってくることはなかった。

『もうこんな島には住めません』

母は俺《おれ》が中学生に上がる頃《ころ》にそう祖母に告げ、本土に引《ひ》っ越《こ》すことを決めた。

「あんたの気持ちはよくわかんべ。だべから、オレのことは気にせずに行きなさい」

母の言葉を受け入れた祖母とは違い、一部の島民からは厳《きび》しい声もあがっていた。

「滝沢《たきざわ》さんのとこ、奥《おく》さんとせがれが島なげて出て行くんだってよ」

「じいさんも旦那《だんな》も島守ったのに薄情《はくじょう》じゃねえか」

「どんどん男手が減って、こりゃもう女も年寄りもお祈《いの》りに出なきゃいけねえかね」

優《やさ》しかった島民たちの向ける目が徐々《じょじょ》に冷たさを増していった頃《ころ》、本土行きの小さなフェリーが予約できた。持っていく荷物は少なくしたがそれでも多く、フェリーが到着《とうちゃく》する当日になっても母は運転する車に荷物を積み込《こ》んでいた。

祖母がその様子を寂《さび》しそうに眺《なが》めていたのを覚えている。

「なあ、ばあちゃんは本当に島に残んの？」

「うちの一族はここに移り住んで長《なげ》ぇし、いまさら島の人を見捨《みす》てられねぇべ」

「見捨《みす》てるって……別に皆《みな》元気にやっていけるって！」

「祈《いの》り手が必要なのよ。この島に最初に来《き》た桐敷家《きりしきけ》の人らとの約束を誰《だれ》かが守んねぇといけねぇ」

「桐敷家《きりしきけ》なんてもう戻《もど》ってくるわけないでしょ！」俺《おれ》とばあちゃんの会話を聞いていた母

が突然《とつぜん》声を荒《あら》げた。

「桐敷家《きりしきけ》って？」

「島の真ん中に大きな屋敷《やしき》の跡《あと》があんべ？　あそこの人らよ。さあ、もう行きな」

だが、運命は島から逃《に》げ出《だ》そうとする僕《ぼく》らのあとを追いかけてきた。

ウゥーー！　ウゥーー！　島のサイレンが鳴り響《ひび》き、近所から人が走ってきた。

「滝沢《たきざわ》のばあちゃん！　鬼の風が来たって！」

「本当かい⁉　いくらなんでも早くねぇかい？」

「間違《まちが》いねぇべ。あれは間違《まちが》いなくそうだべ」

近所の人が指差した方向から、灰色《はいいろ》の大きな雲の塊《かたまり》がゆっくりと近づいていた。

母は呆然《ぼうぜん》とする俺《おれ》を押《お》し込《こ》むと慌《あわ》てて車を発進させた。俺《おれ》は「まだ、ばあちゃんにお別れも言っていない！」と言ったが、母は俺《おれ》を無視《むし》して鬼気《きき》せまる表情で車を走らせた。

フェリーの待つ港まではすぐだったがその道中でお祈《いの》りの用意をしたり、シャッターを急いで閉《し》めたりする島民と何度もすれ違《ちが》った。

港に到着《とうちゃく》すると俺《おれ》たちを待っていたのは、元この島出身《しゅっしん》の船長さんである南波さんだった。母は彼《かれ》に嵐《あらし》が来ているのですぐに出発してほしいと頼《たの》み込《こ》んでいた。

ゴゴゴゴォォン……ビュゥゥゥゥ……ポツポツポツポツ……。

遠くから響《ひび》く雷鳴《らいめい》。強くなり始める風。大粒《おおつぶ》の雨が港の岸壁《がんぺき》を濡《ぬ》らし始《はじ》めた。

最初、引越《ひっこ》しという新たな目標を得てから笑顔《えがお》を取《と》り戻《もど》し始めた母を見て、俺《おれ》は生まれ育った島を離《はな》れるのも仕方ないなと思っていた。

けれど、祖母に別れも言わずこんな風に飛び出していいのだろうか。母はいったいなぜこんなに焦《あせ》っているのか。

俺《おれ》はあふれる悔《くや》しさに突《つ》き動《うご》かされ、母たちの目を盗《ぬす》んで祖母の家に走り出していた。

「ハァ、ハァ、ハァ、ハァ……！」

今や雨は本降《ぶ》りになり、辺りも薄暗《うすぐら》くなっていた。

鬼の風の日に外にいるのは人生で初めてだ。

父もあの日、こんな風が吹《ふ》き荒《あ》れる雨風の中にいたのだろう。

ちゃんとお別れを言えないのはもう二度とごめんだ。

「ばあちゃーん！」

家の前の道に設置されたお祈《いの》り用鉄柵《てっさく》。そこに、荒縄《あらなわ》を腰《こし》に巻《ま》きつけて白装束《しろしょうぞく》に身を包んだばあちゃんがずぶ濡《ぬ》れで立っていた。

「こうへい、アンタこんなところで何をしてんべ⁉」

「ばあちゃん、一緒《いっしょ》に来《き》てよ！」

「その話はもうしたべ！　早くしねぇと〝チミ〟が来《き》ちまうよ！」

バチッ！

すぐそばの空で何かが一瞬《いっしゅん》光り、火花が弾《はじ》けるような大きな音が鳴った。

バチバチバチバチバチバチッ！　バチンッ！

続けざまにした破裂《はれつ》音は最後に一際《ひときわ》大きな音が鳴ったあと突然収《とつぜんおさ》まり、再びゴロゴロという雷《かみなり》、そしてビュービューと吹《ふ》きつける雨風の音だけが辺りに響《ひび》く。

「こうへいあんた何やってんの！」

気がつくと背後《はいご》に車が停《と》まっており、中から母が飛び出してきた。

「ばあちゃんにお別れを……というか今の音は……？」

ババサッ……ババサバサバサバサッ……。

薄暗《うすぐら》い雨空の中を何かが飛《と》び交《か》うような音が聞こえた。

俺《おれ》はとっさに辺《あた》りを見回したが、顔に吹《ふ》き付《つ》ける雨と風でその正体は見破《みやぶ》れなかった。

「恵《めぐみ》さん、早く！　こうへい、元気で暮《く》らすんだべな」

「え、ば、ばあちゃん！」

祖母は空に向き直ると決死の形相で祈《いの》り始《はじ》め、俺《おれ》は母に車に押《お》し込《こ》まれた。

後部座席《ざせき》から見えたのは、雨に濡《ぬ》れた祖母が遠ざかる姿《すがた》とあの怪物《かいぶつ》だった。

3m以上はあろうかという毛の生えていない体と鉤爪《かぎづめ》のある脚《あし》。くちばしの付いた骸骨《がいこつ》のような頭。光る赤い目。蝶《ちょう》のような大きな二枚《にまい》羽。

ばあちゃんが〝チミ〟と呼《よ》んだその怪物《かいぶつ》は夕暮《ゆうぐ》れのようなオレンジ色の光の筋《すじ》を放ち、光に捕《と》らえたばあちゃんの荒縄《あらなわ》を噛《か》み切《き》ると、脚《あし》でばあちゃんを抱《かか》えて飛び去った。

俺《おれ》たちが乗《の》り込《こ》むと待ち構えていたフェリーはすぐに出航。甲板《かんぱん》に上がった俺《おれ》と母は、チミの群れが放つオレンジ色の光の筋《すじ》が島を飛《と》び交《か》うのを泣きながら見つめていた。

操舵《そうだ》を別の人に任せて船室に降《お》りてきた南波さんが、フェリーの中でふさぎ込んでいた俺《おれ》に島に伝わる伝説《でんせつ》を教えてくれた。

桐敷家《きりしきけ》が未開だった棲薇群島《セイラム》に巣食う存在を呪術《じゅじゅつ》で追《お》い払《はら》い、そこにあった富で栄えたのが始まりだそうだ。だが、その追い払《はら》った存在は数を増やし、3年に一度島を取り返すため戻《もど》ってきた。桐敷家《きりしきけ》と続いて島に入った人々は呪術《じゅじゅつ》で結界を張り、〝チミ〟と呼《よ》ばれるようになったその存在を追《お》い払《はら》い続けたが、いずれ結界が破られるのは明らかだった。

そしてある日、桐敷家《きりしきけ》は「いつか戻《もど》る」と約束して島から姿《すがた》を消したのだそうだ。

「雨《あめ》、止《や》んだな」ファミレスの窓《まど》の外を眺《なが》めていた友人が呟《つぶや》いた。

嵐《あらし》は去り、濡《ぬ》れたアスファルトの上にオレンジ色の夕日が差《さ》し込《こ》む。

俺《おれ》たちと同じように本土に逃《に》げた桐敷家《きりしきけ》は今も安全に暮《く》らしているのだろうか……。

嵐《あらし》が来るたびに、俺《おれ》はそうであってくれと祈《いの》り続《つづ》けている。

隣《となり》のベッドのジャーナリスト

『大丈夫《だいじょうぶ》、いいアイデアだって！　えっと、加賀田時緒《かがたときお》から竹原マイカちゃんにメッセージです。君は正しいと思うことを貫《つらぬ》くのには価値《かち》がないと思っていますね。でも、それは違《ちが》います。正しいと思ったことは諦《あきら》めずに、相手に納得《なっとく》させる方法を常に考えて伝えていく必要があるのです。これを心に刻《きざ》んでおけば、もう窓《まど》の向こう見ながらアオハルっぽい表情で悩むこともなくなるよ！』

『ねえ、やっぱりからかっていますよね』

『あはは！』

揺《ゆ》れる車のなかでこの動画を見終わった私《わたし》は、あのお昼休みの光景を思い出した。

「ねぇねぇ、カナエさんこっち向いて！」

パシャ！

「ヤバ！　え、ヤバいんだけど、めっちゃ、かわいいじゃん！」

あの日、クラスの人気者だったユカたちはスマホの写真加工アプリで遊んでいた。

やがて盛《も》り上《あ》がった彼女《かのじょ》たちは私《わたし》の親友のカナエにカメラを向け始めた。

「ねぇ、やめてよ、そういうことするの」

「え、何？」

「何じゃなくて。失礼でしょ」

「マイちゃん、私《わたし》のことはいいから別に……」

教室がちょっとだけ静まったのがわかった。

ユカは辺りを見回したあと、私《わたし》に言った。

「ただの遊びじゃん。カナエさんも別にいいって言っているのに何？」

私《わたし》は怒《いか》りと緊張《きんちょう》で固まって次の言葉が出なかった。気まずい沈黙《ちんもく》のあと、ユカたちはこちらをにらみながら教室から出ていった。

「ねぇ、マイちゃん。今日《きょう》はかばってくれてありがとう」

放課後に2人で自転車に乗って帰っていたときカナエが切り出した。

「別にいいよ。マジでむかついたもん、ユカたち」

「でもね、ああいうのはもうやめてくれるとうれしいんだ……だってさ、明日《あした》からユカたちに何をされるかわからないじゃん。私《わたし》はマイちゃんみたいに堂々とは生きられないよ」

時緒《ときお》さんの言った通り〝相手に納得《なっとく》させる方法〟を私《わたし》は何にも考えていなかった。

でも、あのときの私《わたし》には守った友達に裏切《うらぎ》られたように思えたのだ。

「また、明日《あした》ね」

いつもの角を曲がって消えていくカナエの後《うし》ろ姿《すがた》を見ているうちに、私《わたし》はムシャクシャして怒《いか》りに飲《の》み込《こ》まれてしまった。そして、心の中で叫《さけ》びながら急な下り坂をブレーキもかけずに自転車で駆《か》け降《お》りるバカをやった。

その結果、私《わたし》は坂の下でタクシーにはねられて一回転。左手を骨折《こっせつ》する大ケガを負って手術までする羽目になった。

手術後の入院生活はひどく退屈《たいくつ》だった。

珍《めずら》しく仕事を放《ほう》り出《だ》して駆《か》けつけた母や、心配して飛んできたカナエとぎこちない会話があったくらいであとは毎日が全部同じ。

優《やさ》しく看病《かんびょう》してくれる看護師《かんごし》さんや、痛《いた》みの変化を確認《かくにん》してくるお医者さんとの変化のない会話。次第《しだい》に私《わたし》は窓《まど》の外を見つめることが多くなっていった。

時緒《ときお》さんと出会ったのはその頃《ころ》だ。

彼女《かのじょ》は同じ病室の患者《かんじゃ》だったお姉《ねえ》さんで、内側《うちがわ》をオレンジ色に染《そ》めた個性的な黒髪《くろかみ》が印象的だった。交通事故でケガをしたとかで入院したそうだが、そのキリッとした表情を見ていると、とても入院中の人には見えなかった。

時緒《ときお》さんは退屈《たいくつ》している私《わたし》によく話しかけてくれた。やたらと喋《しゃべ》りが上手《うま》く、話しかけられたのにいつの間にかこっちが話してしまうような場面が何度もあった。

それもそのはず、彼女《かのじょ》の職業はジャーナリストだった。

「ウチの母もジャーナリストですよ。竹原志磨《しま》っていう」

「えっ、あの竹原志磨《しま》？　私《わたし》の憧《あこが》れだよ！　マイちゃんって竹原志磨《しま》の娘《むすめ》かよ！　驚《おどろ》いた。狙《ねら》っていたのと違《ちが》うけど、こりゃ個人的大スクープだわ」

「狙《ねら》っていたって、こんな病院の中でなんのスクープ狙《ねら》っていたんですか？」

時緒《ときお》さんはニヤリと笑《わら》うと、この入院は病院への潜入《せんにゅう》取材の一環《いっかん》であること。そして、自分でケガをしてまで入《はい》り込《こ》むことを決意したきっかけを教えてくれた。

『同じ顔なのに別人のように感じる』

時緒《ときお》さんの元に寄せられた全国からの声。家族、友人、恋人《こいびと》。見知った人たちがまったくの赤の他人のように感じられる。そんな奇妙《きみょう》な話がここ数年増えているというのだ。

この話に時緒《ときお》さんはスクープの匂《にお》いを嗅《か》ぎつけた。彼女《かのじょ》は調査を進めるなかで、人が変わってしまった人たちが皆《みな》この病院に入院していたという事実を突《つ》き止《と》めた。

さらに、時緒《ときお》さんは入院生活で見たという奇妙《きみょう》なものについても聞かせてくれた。

「裏口《うらぐち》に白いバンが定期的に停《と》まって、そこからスーツにコートを羽織《はお》った連中が降《お》りてくるんだよ。皆《みな》コートのフードを深くかぶっていて顔が見えない怪《あや》しげな連中なのに、彼《かれ》らをわざわざ病院の院長が出迎《でむか》えていたのも引っかかるんだよなぁ。しかも、彼《かれ》らが中に入るとすぐに白いバンは走り去っていく。まるで帰る車なんかいらないみたいにね」

その他《ほか》にも、彼女《かのじょ》はその白いバンに金属製の箱を積み込《こ》む様子も目撃《もくげき》していた。

「何が行われているにせよ、きっとよからぬことだと思う。私《わたし》はそれ突《つ》き止《と》めたいんだ」

異変《いへん》に気がついたのは、それから数日後の朝だ。

看護師《かんごし》さんとの会話の途中《とちゅう》、カーテンの隙間《すきま》から隣《となり》のベッドが空なことに気がついた。

「あの、時緒《ときお》さんは？」

「病状が変わったので夜に病室を移られました」

そう言うと看護師《かんごし》さんはそそくさと病室を出て行った。

「夜に、なんのあいさつもなしに部屋《へや》を移《うつ》っちゃうなんて……」

ガラリとした病室に私《わたし》は残されてしまった。

その日の夜。私《わたし》はけたたましい警報《けいほう》音に叩《たた》き起《お》こされた。

ベッドから体を起こすと、廊下《ろうか》の向こうから職員の人たちが慌《あわ》てて走る足音や怒鳴《どな》り声《ごえ》がバタバタと通り過ぎていった。

病室の外に顔を出そうと思ったそのとき、引き戸がすごい勢いで開けられた。

吹《ふ》き込《こ》んでくる冷たい空気の中にいたのは、時緒《ときお》さんだった。

その姿《すがた》は数日前と同じだったが、病院着には青緑色の血のようなものがかかっている。

彼女《かのじょ》は青ざめた表情で私《わたし》の手を取ると、握《にぎ》っていたスマホを手渡《てわた》した。

「マイちゃん、お母《かあ》さんに電話してすぐに退院させてもらいなさい。まだあなたは買い手がついていないから。それと、このスマホの映像《えいぞう》をお母《かあ》さんに届《とど》けて」

「あの、大丈夫《だいじょうぶ》、時緒《ときお》さん？」

急に私《わたし》を抱《だき》きしめた彼女《かのじょ》の体は冷え切っていた。

「こっちだ！」廊下《ろうか》の向こうから声が聞こえた。

「ごめん、ごめんね！」彼女《かのじょ》はそう言って廊下《ろうか》の向こうに走り去っていった。

呆気《あっけ》にとられていた私《わたし》だったが、扉《とびら》を閉《し》めるとベッドに潜《もぐ》り込《こ》み、念《ねん》のため手渡《てわた》されたスマホからビデオを自分のスマホに転送しておいた。

しばらくすると病室に院長と数人の看護師《かんごし》が入ってきた。

「夜中にごめんなさい。さっき女の人がここに来《き》たでしょう」

「あ、あの……」私《わたし》は時緒《ときお》さんのスマホをさりげなく隠《かく》したが院長は見逃《みのが》さなかった。

パッとスマホを取り上げると手早く看護師《かんごし》に手渡《てわた》した。

「ちょっとしたボヤが起きてね、何人かの患者《かんじゃ》さんが病室から飛び出してしまったんだ。驚《おどろ》かせて申《もう》し訳《わけ》ない。さあ、ゆっくりおやすみ」

時緒《ときお》さんの焦《あせ》りようと病院側《がわ》の態度《たいど》。私《わたし》はことの深刻《しんこく》さを肌《はだ》で感じ取っていた。

彼《かれ》らが病室を去ったあと、私《わたし》は掛《か》け布団《ぶとん》の中で転送した動画をこっそり再生した。

動画の中の時緒《ときお》さんは薄暗《うすぐら》い施設《しせつ》の物陰《ものかげ》に潜《ひそ》んでいた。

カメラが廊下《ろうか》の奥《おく》を歩いている白衣の医師2人と、数人のスーツを着た人影《ひとかげ》を捉《とら》える。

次の瞬間《しゅんかん》、私《わたし》は信じられない光景《こうけい》を目《ま》の当《あ》たりにした。

スーツを着た人影《ひとかげ》の側頭部がまるで巻貝《まきがい》のように渦巻《うずま》いており、エビのような真っ黒な目の下にある口元には、イカのような触手《しょくしゅ》が何本もうごめいていたのだ。

彼《かれ》らが姿《すがた》を消すと時緒《ときお》さんは隠《かく》れながら歩き出し、光が漏《も》れている別の部屋《へや》にそっと忍《しの》び込《こ》んだ。そこには大きなモニターと部屋《へや》を照らす円柱型の水槽《すいそう》のようなものがいくつも並《なら》んでおり、中に人間が何体も浮《う》いていた。時緒《ときお》さんの息づかいは今やかなり激《はげ》しくなっていたが、部屋《へや》の奥《おく》から白衣を着た医師たちが来《き》たことでそれもピタリと止《や》んだ。

「患者《かんじゃ》が1人逃《に》げて院長が大慌《おおあわ》てだよ。クライアントはイカフェイスの大物でさ」

「ああ、シェルタクロン族の……でもまあ、そこまで損はしないだろ。院長、裏《うら》ルートでも人体スーツの提供《ていきょう》をしているって話だし。昭和の頃《ころ》なんか、逃亡犯《とうぼうはん》の料理人に高値《たかね》でスーツを密売《みつばい》したらしいぜ。それだけ地球は人気なんだよ。まだしばらく儲《もう》かるさ」

その言葉に動揺《どうよう》したのか、時緒《ときお》さんは近くにあった机《つくえ》にぶつかり物音を立ててしまった。慌てた彼女《かのじょ》が全力で走り出したのか、画面がまた大きくブレて揉《も》み合《あ》いのような音がしたあと、突然《とつぜん》大きな爆発音《ばくはつおん》とオレンジ色の光が走り、映像《えいぞう》は途切《とぎ》れた。

病室に数人の看護師《かんごし》と共《とも》に時緒《ときお》さんがやってきたのは、その夜から数日後だった。

いや、正確《せいかく》には病院が奪《うば》った時緒《ときお》さんの〝体を着た〟別《べつ》の生き物か。

いつものキリッとした表情は消え、嘘《うそ》くさい作り笑いが顔に浮《う》かんでいた。

「今日《きょう》で退院なの。ありがとうね竹原さん」

1人残された病室の中で私《わたし》は恐怖《きょうふ》と腹《はら》から湧《わ》き上《あ》がる悔《くや》しさで涙《なみだ》した。

それからしばらくして、私《わたし》は母に相談してなんとか早めに退院することができた。

退院の日、私《わたし》は母の運転する車の中で時緒《ときお》さんが残してくれたビデオメッセージを見終わると、母にこう言った。

「お母《かあ》さん、加賀田時緒《かがたときお》ってジャーナリスト知っている？」

「ええ。やる気のある若手《わかて》の子よ」

「あの人、私《わたし》の同室だったんだ。その人がさ、正しいと思ったことは諦《あきら》めちゃダメって言ってくれたんだ」

「いい言葉ね」

「母《かあ》さん。私《わたし》、母《かあ》さんに渡《わた》したいスクープ映像《えいぞう》があるんだ」

安心して時緒《ときお》さん。私《わたし》はあなたの使命をかならず引《ひ》き継《つ》ぐから。

ウォーターハンマー現象《げんしょう》

※これは星和《せいわ》新聞社の記者がまとめた資料《しりょう》の一部である。

【202●年9月13日　山中紘菜《ひろな》のSNSより】

友達とウチで予定してたタコパの会場変《か》えなきゃならんくなった〜。絶対皆《ぜったいみんな》ダルって思ってるよ。ウチもダルいもん……。マジなんなのあの音。壁《かべ》の中からドンとかゴンみたいな叩《たた》く音がするんだけど。隣《となり》の人のせいなんかな……。

【202●年9月14日　山中淳弥《じゅんや》の日記より】

今日《きょう》はタクヤの家でゲームしました。あと、帰ったら姉《ねえ》ちゃんが壁《かべ》からドンドン音がするってキレてた。お母《かあ》さんに言ったほうがいいって言ったら「うるさい」って言われた。

【202●年9月14日　山中紘菜《ひろな》のSNSより】

壁《かべ》ドン音の録画《ろくが》に成功《せいこう》しました。20秒辺《あた》りでドンドン音が鳴っています。（投稿《とうこう》には動画ファイルが付《つ》けられており、22秒付近《ふきん》で壁《かべ》を叩《たた》くような音が確認《かくにん》できる）

【202●年9月15日　山中千佳子《ちかこ》のブログより】

残暑《ざんしょ》で家事が思うように進まない～（汗《あせ》）

昨日《きのう》、息子《むすこ》が「お姉《ねえ》ちゃんの部屋《へや》で幽霊《ゆうれい》の音がする」と言ってきました。最初《さいしょ》は笑《わら》い飛《と》ばしたけどどうやら本気みたい。音が鳴ったときの動画を持っていて見せてもらったら確《たし》かに音が鳴っている！　少し心配になっちゃいました。

【202●年9月16日　山中紘菜《ひろな》のSNSより】

たぶん配管《はいかん》の音か何かだろうけど、続《つづ》くようなら管理人《かんりにん》さんに相談してみようかな？

【202●年9月16日　山中淳弥《じゅんや》の日記より】

壁《かべ》ドンの音の件《けん》、弟が「オバケだ！」って勝手に騒《さわ》ぎまくって親にチクった。なんか、私《わたし》もオバケにビビっていることにされているんだが……。

やっぱりあの音は幽霊《ゆうれい》かも。お昼休みにあの壁《かべ》の幽霊《ゆうれい》の話で盛《も》り上《あ》がっていたら、たっつんが「壁男《かべおとこ》」かもって言い出しました。壁《かべ》に人を引《ひ》きずり込《こ》む霊《れい》らしい。でも、こんな怖《こわ》い気持ちになったのにたっつんだけニヤついていて腹《はら》が立ちました。

【202●年9月16日　山中千佳子《ちかこ》のブログより】

皆《みな》さんこんにちは！　実はこの前の「幽霊《ゆうれい》の話」を上の階の人とすれ違《ちが》ったときに言ってみたら、「それ私《わたし》も最近《さいきん》聞いてなんだろうって思っていたのよ」ですって！

突然壁《とつぜんかべ》の中から叩《たた》くような音と、何かが這《は》い回《まわ》るような音がするのだとか。

あながち娘《むすめ》の言う幽霊《ゆうれい》話も嘘《うそ》じゃないかも……。

【202●年9月17日　山中紘菜《ひろな》のSNSより】

リプで教えてもらったんだけど、この前つぶやいた例《れい》の壁《かべ》ドンの音、「ウォーターハンマー現象《げんしょう》」とかいうので、水道管《すいどうかん》が鳴っていただけらしいです。母親も弟の幽霊《ゆうれい》話を信《しん》じ始《はじ》めてヤバい感じだったのでひと安心。

【202●年9月17日　山中淳弥《じゅんや》の日記より】

あの音は水のパイプが鳴る音らしい。でも、僕《ぼく》は絶対《ぜったい》おかしいと思う。だって、上の階の人が壁《かべ》の中で聞いたガサゴソという音の説明《せつめい》がつかないから。

【202●年9月18日　山中千佳子《ちかこ》のブログより】

「謎《なぞ》の壁《かべ》鳴り事件《じけん》」が解決《かいけつ》しました！

あれは「ウォーターハンマー現象《げんしょう》」とかいうものらしく、私《わたし》も調べたのですが水道管《すいどうかん》の圧力《あつりょく》の急な変化《へんか》で大きな音が鳴る現象《げんしょう》で、割《わり》とよくあることなのだとか。

夫《おっと》はこれまで「なんだろうね～」としか答えてくれなかったのに、この話したら「やっぱりそういうやつか」と乗っかってきて、ちょっとムッとしたのはここだけの話……。

とはいえ、まだいろんな階で鳴っているみたいなので、管理人《かんりにん》さんに報告《ほうこく》して対処《たいしょ》してもらうことにしました。サクサク進むことを願《ねが》うばかりです。

【202●年9月19日　中王ノ台《なかおうのだい》マンション管理人《かんりにん》　増田晴一《ますだせいいち》の報告書《ほうこくしょ》】

宛先《あてさき》　アサギ管理株式会社《かんりかぶしき》さま

以下《いか》に最近《さいきん》発生しているウォーターハンマー現象《げんしょう》に関《かん》する住民《じゅうみん》からの苦情《くじょう》と、それに関《かん》する現状報告《げんじょうほうこく》をさせていただきます。

まず、407号室の山中さん一家から「壁《かべ》鳴りで眠《ねむ》れない」との苦情《くじょう》を受けました。また、213号室の田口さん一家からも同様の訴《うった》えがありました。502号室の森さん一家からも「壁《かべ》からガサゴソと何かが這《は》い回《まわ》る音がした」との報告《ほうこく》がありました。

この音は特《とく》に夜間に多いようであり、ご家族全員が不安《ふあん》を感じているとのことです。

これらの苦情《くじょう》を受け、マンション理事会では早急《さっきゅう》に対策《たいさく》を取る必要《ひつよう》があるとの結論《けつろん》に至《いた》りました。つきましては、配管《はいかん》工事業者による原因《げんいん》の特定《とくてい》と修理《しゅうり》を提案《ていあん》いたします。

なお、5階の森さん一家の「ガサゴソと何かが這《は》い回《まわ》る音」という証言《しょうげん》に関《かん》しては、通常《つうじょう》のウォーターハンマー現象《げんしょう》とは異《こと》なる可能性《かのうせい》があるため、この点については配管《はいかん》業者の手配だけでよいのか含《ふく》めてご確認《かくにん》いただくようお願《ねが》い申《もう》し上《あ》げます。　増田晴一《ますだせいいち》

【202●年9月21日　山中千佳子《ちかこ》のブログより】

例《れい》のマンションのパイプ工事の件《けん》ですが、なんと昨日《きのう》から始まりました。管理《かんり》会社に伝《つた》えてからわずか2日で修理《しゅうり》が始まるのは異例《いれい》で、管理人《かんりにん》さんも驚《おどろ》いてらっしゃいました。

昨日《きのう》から青い制服《せいふく》の業者の方が何人も入ってこられて、マンション中がなんだか物々し

い雰囲気《ふんいき》に包《つつ》まれています。　まずはマンション屋上の貯水《ちょすい》タンクやパイプの本管《ほんかん》から始めて徐々《じょじょ》に各部屋《かくへや》を調べるそうですが、２週間くらいはかかるみたい。

ただ気がかりなのは、昨日管理人《きのうかんりにん》さんが言っていたことです。

管理《かんり》会社の人から「這《は》い回《まわ》る音がしたのはどの階で何時頃《ごろ》でしたか？」とかやたら詳《くわ》しく聞かれ、答えたら「専門《せんもん》業者さんを手配します」って言われたのだとか。

住民《じゅうみん》の中には、本当に水道管《すいどうかん》工事なのか疑《うたが》う人とかもいるみたいです……（汗《あせ》）

【２０２●年９月23日　山中淳弥《じゅんや》の日記より】

土曜日から工事の人が来て、毎日工事をガーガーと音を立ててやっています。

音のせいでお姉《ねえ》ちゃんがいつも不機嫌《ふきげん》で困《こま》ります。

幽霊《ゆうれい》じゃなかったのかな……。でも、昨日《きのう》台所でガサガサって何かが動く音がしました。

【２０２●年９月23日　山中紘菜《ひろな》のカメラロールより】

「お姉《ねえ》ちゃん早く撮《と》って！　台所のここから音がしたの！」

「撮《と》ってるっつーの。引《ひ》っ張《ぱ》んな、もう！」

（20秒ほどの沈黙《ちんもく》）

「音なんてしないじゃん。もう止めるよ」

（異様《いよう》な水音が排水溝《はいすいこう》から鳴る）

「ウワァァアア!!」

（カメラがブレ、録画《ろくが》が止まる）

【202●年9月26日　山中紘菜《ひろな》のカメラロールより】

（外廊下《ろうか》角の暗がりで、自撮《じど》りを始める山中紘菜《ひろな》の映像《えいぞう》が映《うつ》し出《だ》される）

「えー、ネットが止まってから3日が経《た》ちました。マンション中が同じ状況《じょうきょう》みたいで、皆《みな》文句《もんく》を言っていますが、管理《かんり》会社は数日以内《いない》には戻《もど》ると言っているそうです。前に撮《と》った動画もネットに上げようと思ったのですが、当然《とうぜん》できていません」

「お姉《ねえ》ちゃん、工事始まってるよ！」

「静《しず》かにして！　バレるでしょ！　えーと……この前の動画にも撮《と》ったのですが、このマンション、多分パイプの中に何かがいます。あの業者は絶対《ぜったい》に水道管《すいどうかん》工事の人たちじゃないです。今日《きょう》は、その証拠《しょうこ》を撮《と》ろうと思います」

（廊下《ろうか》で工事業者数人がビニールの囲《かこ》いの向こうで作業をする様子が映《うつ》る）

「こんな時間かけて取《と》り逃《にが》したらどうすんだよ、鼎《かなえ》！」

「はい！　はい！　すみません！　反応《はんのう》2です！」

（工事業者が壁《かべ》のパイプに向かって器具《きぐ》を差《さ》し込《こ》むと大きな音が鳴る）

「出た！　逃《のが》すなよ！」

「あ、ちょっ……！」

（慌《あわ》てた様子の若《わか》い工事業者がビニールの囲《かこ》いから飛《と》び出《だ》すと、その手には水のような質感《しつかん》で、うなぎに手足の生えたような胴体《どうたい》と人のような顔をした生物が暴《あば》れているのが映《うつ》る）

「ウワァァ!!」

「うわ！　あれ何、えっ、ちょいちょいちょいこっち来《き》てるんだけど！」

（工事業者の手から生物の一部が千切れて廊下《ろうか》に水のように飛《と》び散《ち》ると、それが素早《すばや》く動いてカメラ横の排水溝《はいすいこう》に消え去る様子が映《うつ》る）

「目撃者《もくげきしゃ》！」

（手に大きなマイクのような器具《きぐ》を握《にぎ》った業者が近づくと、山中紘菜《ひろな》のスマホのビデオが乱《みだ》れて音声だけになる）

「ちょっと……何、やめて！」

「すみません。規定《きてい》により撮影《さつえい》は禁止《きんし》ですので映像確認《えいぞうかくにん》後回収《かいしゅう》・削除《さくじょ》させていただきます」「記憶処置《きおくしょち》早く！」

（音声が途切《とぎ》れる）

【生類《しょうるい》エコロジーサービス　報告書《ほうこくしょ》】

202●年9月21〜27日　水生部門保安部《ほあん》　担当《たんとう》　梨鼎《なしかなえ》

収容報告書《しゅうようほうこくしょ》　上記期間に発生した中王ノ台《なかおうのだい》マンションでの「タイプ09：不定形《ふていけい》ファントム型《がた》振動体」の異常繁殖《いじょうはんしょく》は水生部門保安《ほあん》部20名によるプロトコル実行で捕獲《ほかく》が完了《かんりょう》。

9月26日に「山中紘菜《ひろな》（15歳《さい》）」と「山中淳弥《じゅんや》（8歳《さい》）」による目撃《もくげき》インシデントが発生するが、記憶処理《きおくしょり》および電子機器《きき》の記録抹消《きろくまっしょう》プロトコルをすみやかに行い、対応《たいおう》。

「タイプ09：不定形《ふていけい》ファントム型《がた》振動体」の水への接触《せっしょく》は急激《きゅうげき》な個体《こたい》数の増加《ぞうか》を招《まね》き、同時に人体への接触《せっしょく》は致命的《ちめいてき》な同化プロセスを引き起こすため、これまで以上《いじょう》に監視《かんし》と回収《かいしゅう》を強化してください。

【202●年10月15日の星和《せいわ》新聞社記者・竹原志磨《しま》の記事より】

『中王ノ台《なかおうのだい》マンションで4階の住民《じゅうみん》が失踪《しっそう》！』

202●年10月15日、中王ノ台《なかおうのだい》マンションの4階住民《じゅうみん》全員が失踪《しっそう》するという衝撃的《しょうげきてき》な事件《じけん》が発生した。管理《かんり》会社であるアサギ管理株式《かんりかぶしき》会社は「現在確認《げんざいかくにん》中です」と述《の》べた。

（中略《ちゅうりゃく》）

同マンションのほかの住民《じゅうみん》からは「4階には大量《たいりょう》の水を撒《ま》いたような跡《あと》がそこかしこにあった」との証言《しょうげん》も出ているほか、「9月に行われた水道管《すいどうかん》工事が関係《かんけい》しているのでは」との声もある。工事を行《おこ》なった生類《しょうるい》エコロジーサービスは「今回の出来事とは一切関係《いっさいかんけい》ありません」と述《の》べたが、警察《けいさつ》の同社への捜索《そうさく》が近く行われる見込《みこ》みだ。

平行昆虫《こんちゅう》

『水の低きに就《つ》くがごとし』

これは中国の哲学者《てつがくしゃ》・孟子《もうし》の言葉で、その意味は〝水が高いところから低いところに流れるように、自然の成り行きは誰《だれ》にも止めようがない〟ということだ。

高いところからジャンプすれば落ちる。

熱いお湯はほっとけば冷めるし、氷もほっとけば溶《と》ける。

すべての物事は「ルール」に従《したが》って最後には1つの状態に収《おさ》まっていくのだ。

中学1年のときに意地悪でクラスメイトたちをバカにしていた峰田《みねた》が、転校生の浜崎《はまさき》くんがやってきたことで立場を悪くしたのを見て、僕《ぼく》はこの言葉が本当のことを言っていると思った。

格闘技《かくとうぎ》をやっていて正義感も強かった浜崎《はまさき》くんはすぐにクラスの人気者になり、それまで恐《おそ》れられていた峰田《みねた》は単なる厄介者《やっかいもの》として見られるようになったのだ。

前は肩《かた》を切りながらクラスを練り歩いていた峰田《みねた》は次第《しだい》に何かに怯《おび》えるような態度を取ることが増え、気がつけばすっかり無口な奴《やつ》になっていた。

多分、峰田《みねた》は怖《こわ》かったのだと思う。浜崎《はまさき》くんではなく、彼《かれ》に引っ張られたクフスメイト全員が怖《こわ》かったのだ。

威張《いば》って下に見ていた彼《かれ》らから思わぬ反撃《はんげき》を喰《く》らい、クラス中が自分に歯向かってくるような、形の見えないプレッシャーを感じてしまったのだろう。

〝自然の成り行きは誰《だれ》にも止めようがない〟

あの夜、僕《ぼく》たちの街に一筋《ひとすじ》の隕石《いんせき》が降《ふ》り注《そそ》いだことで始まったあの出来事も、きっとそれと同じことなのだ。

ベッドに寝転《ねころ》がって晩御飯《ばんごはん》を待っていた僕《ぼく》は、窓《まど》の外がまるで昼間になったかのように明るくなり、そしてまた暗くなる不思議な現象《げんしょう》に驚《おどろ》いて身を起こした。

次の瞬間《しゅんかん》には体が震《ふる》えるような大きな爆発《ばくはつ》があり、両親がドタバタとリビングに集まってきたのを覚えている。

皆《みな》で恐《おそ》る恐《おそ》る外に出ると、ご近所さんたちも同じように玄関先《げんかんさき》にゾロゾロと集まっており、口々にガス爆発《ばくはつ》だなんだと話していた。

そこからは大騒《おおさわ》ぎだ。

警察《けいさつ》や消防の人が駆《か》けつけて、翌日《よくじつ》にはそれが小さな隕石《いんせき》だということがテレビを通して伝えられた。次第《しだい》にネットでも『海と火山に囲まれた街・潮之原《しおのばら》に隕石衝突《いんせきしょうとつ》！』と大々的に報じられ、世間に広く知《し》れ渡《わた》ることになったのだ。

しばらくは都会からいろんな人がやってきて賑《にぎ》わったが、当の落下した隕石《いんせき》が国の機関がすぐに持っていってしまったこともあって、街には山の麓《ふもと》にできた大穴《おおあな》だけが残された。結局見るものなんかほとんどないことに気がついたのか、野次馬も1年ほどでほぼ居なくなった。

ほぼと言ったのは、１人だけ街に残った人がいたからだ。

平澤京之介《ひらさわきょうのすけ》。中学の理科の新任教師として隕石騒動《いんせきそうどう》の最中にやってきた彼《かれ》は、野次馬が去ってからもこの街に残り続けた。

整った顔立ちだが、どこか神経質そうな表情の眼鏡《めがね》をかけた細身の男性で、女子によく話しかけられていた。けれど、モテるというよりは小動物的に可愛《かわい》がられている印象で、いつも「おい～、あんまりからかわないでよ～」と困《こま》った表情で笑顔《えがお》を振《ふ》りまいていた。

彼《かれ》がここにやってきた理由があの隕石《いんせき》落下事件にあることを知る人は僕《ぼく》しかいない。

きっかけは平澤《ひらさわ》先生が理科の授業で「パンスペルミア説」という学説について触《ふ》れ、授業が終わったあとに僕《ぼく》がそのことについて質問をしたことだった。

パンスペルミア説。それは、簡単《かんたん》に言うと生命の起源《きげん》に関する仮説の1つで『隕石《いんせき》や彗星《すいせい》の中に含《ふく》まれる微生物《びせいぶつ》が地球に到達《とうたつ》して、それが生命の起源《きげん》となった』とするものだ。

現在は確かな証拠《しょうこ》がない説としてあまり真剣《しんけん》に捉《とら》えられていないらしいが、宇宙《うちゅう》から飛んできた微生物《びせいぶつ》が地球生命の起源《きげん》だなんて、夢のある話だなと思った。

「実を言うと、僕《ぼく》はこの学説があながち嘘《うそ》じゃないと思っているんだ。というのもね、僕《ぼく》の亡《な》くなった叔父《おじ》さんがこの説を研究していた人で、小さい頃《ころ》から色々聞かされて影響《えいきょう》受けちゃったんだよ。理科の先生目指したのもこれが原因さ」

「なかなか攻《せ》めた性格の叔父《おじ》さんですね」

平澤《ひらさわ》先生は照れくさそうに話を続けた。

「そうなんだよ、学界でも異端児《いたんじ》みたいな人でさ。でも、僕《ぼく》にとっては憧《あこが》れの人だった。他《ほか》のクラスメイトに言うとバカにされるから内緒《ないしょ》にしてほしいのだけど、実はこの街に来《き》たのもこの説の研究ができるからなんだ」

「まさか隕石《いんせき》のことですか?」

「そう。叔父《おじ》さんが昔言っていたんだ。隕石《いんせき》が落下したことのある場所の生物には変化が見られるはずだって」

最初は僕《ぼく》をからかっているのだと思った。でも、そのあと何度かこの話題を平澤《ひらさわ》先生とする中で、彼《かれ》の研究への情熱が本物だとわかってきた。

学校が終わったあとや貴重《きちょう》な休日などの時間、彼《かれ》はあの隕石《いんせき》の落下地点やその付近の山々に足を運んでさまざまな調査を行《おこ》なっていたのだ。

「見てみるかい？　真咲《まさき》くんにならら、研究発表前に少し見せてもいいよ」

冬休みに入る前のある日の昼休み。

僕《ぼく》は薄暗《うすぐら》い理科準備室で、平澤《ひらさわ》先生に目を疑《うたが》うようなモノを見せてもらったことがある。

「これ、明らかな突然変異《とつぜんへんい》だろ？　しかも、ほらここ！」

それは青い羽をした蝶々《ちょうちょ》に見えた。だが、それは体の半分までの話。残り半分は紫色《むらさきいろ》に輝《かがや》く薄《うす》い筋肉《きんにく》でできたような羽をした不気味な昆虫《こんちゅう》だった。

「なんですか……これ」

「隕石《いんせき》の跡地《あとち》のそばに飛んでいたのを僕《ぼく》が捕《つか》まえたんだ。これはすごいよ。おそらく急激《きゅうげき》に遺伝子《いでんし》が書《か》き換《か》えられて変化を起こしているんだ！　それにこっちも見てくれよ！」

「うわっ！」

うれしそうに先生が取り出したガラスケースの中身を見て思わず声をあげた。

ピンに刺《さ》されて手足が広げられたそれはカマキリのようなシルエットだったが、カニの爪《つめ》のような甲羅《こうら》状の手足をしており、それ以外の部分は蝶々《ちょうちょ》と同じく紫色《むらさきいろ》の細い糸のような筋肉《きんにく》でできていた。

だが、何より気色悪かったのはその顔だ。

まるでイソギンチャクのように、細い紫色《むらさきいろ》の触手《しょくしゅ》のようなものが何本も伸《の》びていたのだ。

「すごいだろ？　完全に2つの世界の生物が融合《ゆうごう》している」

「2つの世界？」

「これは仮説なんだけど、僕《ぼく》の叔父《おじ》が信じていたパンスペルミア説は不完全だったと思う。真実は宇宙《うちゅう》から来《き》た新生物が進化したのではなく、隕石衝突《いんせきしょうとつ》のエネルギーで別の世界とつながる穴《あな》が開いてしまったんだよ」

先生の表情はここではないどこかを眺《なが》めているようで、正直怖《こわ》かった。

「それは物理的な穴《あな》ではない。僕《ぼく》らが観測できない力場の穴《あな》のようなもので、そこから〝ルール〟があふれ出してきているんだ。この昆虫《こんちゅう》たちは、その別世界のルールと混ざり合って強制的に変化してしまったんじゃないかな」

「え、えっと、その、つまり別の世界との見えない穴《あな》が隕石《いんせき》で開いて、そこからあふれ出したエネルギーでこんな昆虫《こんちゅう》が生み出されてしまったってことですか？」

「その通り」

「い、いくらなんでも無茶苦茶な推理《すいり》ですよ……！」

「そうとも言えないよ。僕《ぼく》は見たんだ。向こうの景色《けしき》をね」

その眼《め》には紫色《むらさきいろ》に光る細い線が渦巻《うずま》いているように見えた。

そして冬休みが明けると平澤《ひらさわ》先生の行方《ゆくえ》がわからなくなった。

「病気で入院している」「盗撮《とうさつ》で捕《つか》まった」「仕事が大変で鬱《うつ》になった」

学校中に根拠《こんきょ》のない噂《うわさ》が飛びかった。

僕《ぼく》は話を聞きに学校に訪《おとず》れた警察《けいさつ》に対して、正直に平澤《ひらさわ》先生が隕石《いんせき》の跡地《あとち》で奇妙《きみょう》な研究をしていたことや、確かにこの目で見た不気味な昆虫《こんちゅう》たちについて話をした。しかし、警察《けいさつ》の表情はとても信じているとは言えないものだったし、そばで聞いていた校長先生も「うちの生徒が変なことを言ってすみません……」と謝《あやま》るばかりだった。

空が青から黒に微《かす》かに変わり始めたその日の夜。

僕《ぼく》はまるで高いところから低いところに水が流れるように、自然とその足を隕石《いんせき》の穴《あな》に向けていた。

左には海が見え、右には山が見える。

小さい頃《ころ》から見てきた美しい地元の景色《けしき》。

そんな景色《けしき》を壊《こわ》すようにぽっかりと空いた穴《あな》の奥底《おくそこ》にフードを被《かぶ》った人影《ひとかげ》が立っていた。

「平澤《ひらさわ》先生？」

吹《ふ》き付《つ》ける冷たい海風は穴《あな》の中を駆《か》けめぐり、その小さな人影《ひとかげ》の背中《せなか》を押《お》した。

ドサッ。

まるで力ない人形のようにその人影《ひとかげ》が倒《たお》れると、手や頭や足から光る紫色《むらさきいろ》の細い線の群れがワーッと這《は》い出《だ》し、土の中や森の奥《おく》に消えていくのが見えた。

僕《ぼく》は逆らいようがない大きな気配と恐怖《きょうふ》を感じて、惨《みじ》めにその場から走って逃《に》げた。

あれから何日が経《た》ったのだろう。

変化はあっという間に起きた。

まるで髪《かみ》の毛《け》や爪《つめ》が伸《の》びるのと同じ自然さで街中の昆虫《こんちゅう》や鳥たち、犬に猫《ねこ》、そして人間までもが別のモノに変化していったのだ。

紫色《むらさきいろ》にうごめく無数の線の塊《かたまり》。

今こうして最後の記録を残している僕《ぼく》の手も、今はどれが親指なのかわからないくらいグニャグニャとしたイソギンチャクのように見える。

あのとき、さっさと興味をなくした野次馬や役人たちがまた街に集まり、ビニールの囲いやフェンスを作って僕《ぼく》たちを隔離《かくり》し始めているが、そんなものでこのルールを止められるとはとても思えない。

『それは物理的な穴《あな》ではない。僕《ぼく》らが観測できない力場の穴《あな》のようなもので、そこから〝ルール〟があふれ出してきているんだ』

すべての物事は最後には1つの状態に収《おさ》まっていく。

それは誰《だれ》にも止められないのだろう。

メテオロパシー

『自由でいることを諦《あきら》めちゃダメ！　2人ならきっと世界も変えられるんだから！』

幼稚園生《ようちえんせい》のときから大好きだった魔法《まほう》少女アニメ『プリズムレインボースター』。自由を奪《うば》う悪魔《あくま》に負けかけた主人公の霧雨《きりさめ》サラサに、もう1人の主人公である虹色《にじいろ》ヒカリが言ったこのセリフは、私《わたし》にとって自由を求める勇気の言葉でした。

けれど、私立《しりつ》の女子中学校に進学した頃《ころ》には、その言葉の輝《かがや》きは色あせていました。

中学では皆《みな》グループで行動し、和を乱《みだ》すような言動は白い目で見られました。その無言の圧力に負けた私《わたし》は、いつの間にか自由をなくした霧雨《きりさめ》サラサになっていたのです。

そうやって過ごすうちに私《わたし》は〝気象病《きしょうびょう》〟というものにも悩《なや》まされるようになりました。

知らない人に説明すると、空気には重い空気と軽い空気があるそうで、それらが日によって激しく変わり、体のバランスが崩れることを気象病というのだそうです。私の場合はどんよりとした天気になると頭が重くなり、激しい眠気や気持ち悪さに襲われていました。ストレスをあまり感じなければ気圧の変化にもある程度耐えられるようになるらしいのですが、日々モヤモヤした気持ちでいた私では耐えられなかったのでしょう。

一方で、ポジティブな変化もありました。それは〝コスプレ〟に興味を持ったこと。動画SNSで偶然『プリズムレインボースター』のコスプレをする〝カナデ・ユメコ〟という大人気女子中学生コスプレイヤーを見かけ、一気に心を奪われてしまったのです。自由に好きなものに身を包み、数十万人のファンに愛される彼女が私にはまるで本物の虹色ヒカリに思えました。

「カナデ・ユメコ？　里奈ちゃんこういうのが好きなんだ」

あの日、私は休み時間に仲良しグループの1人の友恵ちゃんからそう言われました。

「こういう人たちってさぁ、ちょっと苦手だなぁ。だって、可愛いとか格好いいって言われたいからアニメのキャラになりきっているんでしょ。そんなことせずに、自分を磨いてそう言われるようになればいいのにねぇ。私《わたし》ならそうするなぁ」

友恵《ともえ》ちゃんの言葉にも理解できる部分はあったと思います。けれど、私《わたし》は憧《あこが》れの存在《そんざい》をバカにされた気がして声を荒《あら》げてしまいました。

「そんな言い方しなくてもいいじゃん！」

結果的《けっかてき》に私《わたし》はグループを追い出され、気象病《きしょうびょう》の症状《しょうじょう》も激《はげ》しさを増《ま》しました。そしてある日の帰り道、私《わたし》はついに痛《いた》みに耐《た》えかねて道端《みちばた》にしゃがみ込《こ》んでしまったのです。

「ねえ、大丈夫《だいじょうぶ》？」

声をかけてくれたのは、中村菜々子という隣《となり》のクラスの生徒でした。

「あ、大丈夫《だいじょうぶ》。ありがとう」

背《せ》が高くて美人、しかも人気者の彼女《かのじょ》は心配だから私《わたし》と一緒《いっしょ》に帰ってくれたのです。

「中村さんはすごいなぁ、クラスメイトから好かれていて。私《わたし》なんてこの前好きなものを友達にイジられて、空気読まずに怒《おこ》っちゃったよ」

「あー、その場面見てたよ。本当にすごいと思う。私《わたし》にはあんな勇気はない。実はさ、辛《つら》そうだったのもあるけど、あのときのことについても話したかったから声かけたんだ」

「え、なんで？」

「私《わたし》がカナデ・ユメコだから」

「はぁっ⁉」

事実は小説よりも奇《き》なり。私《わたし》の憧《あこが》れは隣《となり》のクラスにいたのです。

距離《きょり》が縮《ちぢ》まって話す中で、菜々子が学校には内緒《ないしょ》で芸能界デビューを目指しており、それが彼女《かのじょ》の意思ではなく家族の意志だということ、そしてカナデ・ユメコとしてコスプレをしていたのはそんな親への反発からだったことを知りました。

私《わたし》には自由に生きる人気者に映《うつ》った彼女《かのじょ》も、実際には自分の生き方を人に決められて苦しみ、私《わたし》と同じように『プリズムレインボースター』に勇気づけられていた1人でした。

私《わたし》と菜々子はすぐに親友になり、中学2年の頃《ころ》には一緒《いっしょ》にコスプレを楽しんでいました。

「ねえ、里奈《りな》！　次はあのヤバそうなカラコン屋見に行こうよ！」

「えぇ〜、あそこはちょっとなぁ〜」

その日、私《わたし》と菜々子は近々開催《かいさい》されるコスプレイベントで使いたいカラーコンタクトを探《さが》すため、サブカルグッズを取《と》り扱《あつか》う店が多くあることで知られる町に来ていました。

菜々子にしぶしぶ説得された私《わたし》は、とある怪しげな雰囲気漂《ふんいきただよ》う店に足を踏《ふ》み入《い》れ、そこであの奇妙《きみょう》なカラコンに目を奪《うば》われたのです。

人がぶら下がったシルエットの奇妙《きみょう》なデザインのパッケージ。置かれていたサンプル品を手に取ってわかったのは、青色の虹彩《こうさい》部分が水の波紋《はもん》のように動いていたことでした。

「すごいでしょ、それ。『METEOROPATHY《メテオロパシー》』って言うんだよ」

声をかけてきたのは耳や鼻にピアスをたくさん開けたパンクな風貌《ふうぼう》のお姉《ねえ》さん。彼女《かのじょ》は私《わたし》たちにそのカラコンにまつわる話を聞かせてくれました。

その商品はとある海外の科学者が私財《しざい》を投げ打って作った物だそうで、なんでも付けると〝世界の真の姿《すがた》が見える〟のだとか。しかも、その科学者が交通事故で亡《な》くなったことで、予定していた売り方ができなかったいわくつきでもあるというのです。

「おもしろそうって数仕入れたけど全然売れないいんだよ。1つ試《ため》しに買ってみない？」

そう言ってケラケラと笑うお姉《ねえ》さんに私《わたし》は聞きました。

「このメテオロパシーって、どういう意味なんですか？」

「気象病《きしょうびょう》のことを指す英語だよ」

菜々子と仲良くなってからあまり悩《なや》まされることがなくなったとはいえ、一時は大きな悩《なや》みだった気象病《きしょうびょう》。そう名付けられたカラコンに私《わたし》は奇妙《きみょう》なつながりを覚え、１つ買ってみることにしました。

「はぁ、菜々子の虹色《にじいろ》ヒカリはいいとして、まさか私《わたし》が霧雨《きりさめ》サラサになるなんて……」

コスプレイベント当日。私《わたし》は更衣《こうい》室の鏡の前に立っていました。

「あはは！　ついに2人でプリズムレインボースターになれたじゃん！　さ、行こう！」

菜々子との出会いで私《わたし》は自由になり、今や彼女《かのじょ》の横でコスプレまで楽しんでいる。

「〝世界の真の姿《すがた》が見える〟か。新しい私《わたし》のデビューだし、今付けてみるのもアリかな」

私《わたし》はカバンに忍《しの》ばせていたあの奇妙《きみょう》なカラコンを取り出しそっと付け、先に外会場の広場に向かっていた菜々子のあとを追いかけました。

しかし、そこで見たのは予想もしていない〝世界の真の姿《すがた》〟でした。

「何、急に手なんか握《にぎ》って。そんなに緊張《きんちょう》しなくても……」

「菜々子、このカラコン早く付けて」

「え、それあの変なのじゃん。嫌《いや》だよぉ～」

「いいから！」

私《わたし》が手渡《てわた》したカラコンをしぶしぶ付けた菜々子は、どんよりと曇《くも》った空と外会場に集まっていた群衆《ぐんしゅう》にゆっくりと視線《しせん》を向けました。

「な、何これ……」

「やっぱり私《わたし》の目がおかしいんじゃないよね……？」

私《わたし》たちが見たのは、曇《くも》り空《ぞら》から糸のようなものを垂《た》らしながら、人の背中《せなか》にまるでメテオ（流星）のように降《ふ》り注《そそ》ぐ、マントのような膜《まく》を持つ半透明《はんとうめい》の異形《いぎょう》の群れでした。

音もなく着地したその群れはバサッと膜《まく》を開くと、獲物《えもの》をすっぽりと包《つつ》み込《こ》んだのです。

ゴクッ……ゴクッ……ゴクッ……ゴクッ……。

膜《まく》に包まれた人から光るエネルギーのようなものが吸《す》い上《あ》げられていました。マントのような膜《まく》の一番上に、まるでてるてる坊主《ぼうず》のように付いた不気味な牙《きば》だらけの顔がピクピクッ……と小刻《こきざ》みに震《ふる》えている様子は今でも忘《わす》れられません。

「吸《す》い上《あ》げている……何かを……」

群れの中には獲物《えもの》からうまく栄養を吸収《きゅうしゅう》できていない様子の個体もいるようで、そいつらは私《わたし》たちにだけ聞こえる不快な金切り声を上げて赤く光っていました。

そして群れは一斉《いっせい》に膜《まく》をしまうと、まるで上空の誰かが釣《つ》り糸《いと》でも巻《ま》き取《と》っているように一斉《いっせい》に空に飛び上がり、呆気《あっけ》にとられている私《わたし》たちの前から姿《すがた》を消しました。

「う～……さっきからめっちゃ頭痛《いた》いかも……」

「あー、今日《きょう》気圧やばいって言っていたもんねぇ」

吸《す》われていた人たちは口々にそうつぶやいていました。

「私《わたし》たち、ちょっとずつ食べられていたんだ……これまでずっと……」

そう言って怯《おび》える菜々子とその横で立《た》ち尽《つ》くす私《わたし》。

そんな私《わたし》たちを見て通りすがり高校生たちがこう言ったのです。

「あの2人の構図、本物のプリズムレインボースターみたいじゃね？」「虹色《にじいろ》ヒカリと霧雨《きりさめ》サラサの名シーンの再現かな」「いや、位置が逆だよ」

「……ねえ、私《わたし》思いついちゃったんだけど、2人で世界変えてみない？」


あの日から2ヶ月が経《た》ちました。

私《わたし》が思いついた〝カナデ・ユメコのSNSアカウントであのカラコンを宣伝《せんでん》する〟という作戦は大成功を収《おさ》めて、あっという間に世界中があの怪物《かいぶつ》の存在《そんざい》を知りました。

異次元《いじげん》生命体とかなんとかネットでは言われ、国も対策《たいさく》に乗り出しているようです。

世間の大騒《おおさわ》ぎとは裏腹《うらはら》に、私《わたし》たちの日常はほとんど変わりません。変わったことがあるとすれば、あのセリフを2人とも胸《むね》を張って言えるようになっただけです。

『自由でいることを諦《あきら》めちゃダメ！　2人ならきっと世界も変えられるんだから！』

雲とクジラ

「ねぇ、美兎《みと》。見てあの雲」

「でかー、クジラみてぇー」

「お、やっぱクジラに見えるよね、私《わたし》も今そう思っていたわ」

「乗っかるなよ〜。絶対思ってなかったじゃん」

「いや、本当に思っていたから」

春休み、私《わたし》と柚月《ゆづき》は春休みに地元の丘《おか》の上にある展望台《てんぼうだい》でベンチに座《すわ》っていた。

買ってきたコンビニのお菓子《かし》とジュースを広げながら学校や家庭での出来事を話すこの時間は、私《わたし》たちの中で大切なものだった。

「ここは嫌《いや》な空気から一番離《はな》れている場所だから好き」彼女《かのじょ》は一度そう言ったことがある。

柚月《ゆづき》とは小学校からの親友だったが中学に入るとクラスが変わり、それぞれ卓球部《たっきゅう》と写真部という毛色の違《ちが》う部活に入ったことで前ほど一緒《いっしょ》の時間を過ごせなくなっていた。

なので、こうして共に過ごせる休みの期間は貴重《きちょう》だった。

私《わたし》が買ってきたグミを頬張《ほおば》りながら部活で起きた笑えるエピソードを話すと、柚月《ゆづき》はケタケタと笑いながら私《わたし》の横顔にカメラを向けた。

「ねー、撮《と》らないでよ、こんな姿《すがた》」

「あー、そのまま」

口を開けたままの私《わたし》は仕方なく視界《しかい》いっぱいの空を眺《なが》めた。

穏《おだ》やかで風もないのにゆっくりと動く大きな横長の雲は本物のクジラのようだった。

カシャ！

「いい写真撮《と》れたわ」デジカメを確認《かくにん》する彼女《かのじょ》はニヤリと笑っていた。

春休みは遊ぼうと話していたのに、翌日《よくじつ》からしばらく柚月《ゆづき》と連絡《れんらく》が取れなくなった。

連絡《れんらく》アプリのメッセージに既読《きどく》が付いたのはそれから3日経《た》ってのことだった。

私《わたし》には彼女《かのじょ》に何か大きなストレスがかかったのだと想像できた。だからいつものようにあの丘《おか》の高台で話そうとメッセージを送ったのだ。

「ずっと連絡《れんらく》返してくれないからなんか怒《おこ》らせたかと思ったわ」

「ごめんね、ママが怒《おこ》ってスマホ取り上げて、外にも出してもらえなかったんだ」

「マジ？」

柚月《ゆづき》の家庭環境《かんきょう》は複雑だ。彼女《かのじょ》が小学校4年生のときに両親が別々になり、彼女《かのじょ》は父親と暮《く》らすようになったのだが、しばらくして新しい母親と妹ができた。

元の母親を恋《こい》しがっていた柚月《ゆづき》にとって、新しい家族は慣れなかった。

そんな違和感《いわかん》が伝わってしまったのか、最初は優《やさ》しかった新しい母親は徐々《じょじょ》に彼女《かのじょ》へ厳《きび》しく接し、やがては日常的《にちじょうてき》に暴言《ぼうげん》を吐《は》くまでになっていったのだ。

妹を可愛《かわい》がろうとしてもすぐに母親に邪魔《じゃま》されることも多く、そのことを父親に相談しても「もう大きいんだから妹に嫉妬《しっと》しちゃダメだぞ」と的外れなことを言われるばかり。

それがたまらなく悔《くや》しいと私《わたし》の前で泣いたこともあった。

彼女《かのじょ》が中学に上がると母親の締《し》め付《つ》けは激《はげ》しさを増した。口を開けば「遊んでないで勉強しなさい」「妹の見本になってくれないと困《こま》ります」といった言葉ばかり。

そんな柚月《ゆづき》の母親が彼女《かのじょ》からスマホまで取り上げたと聞いて、私《わたし》はキレてしまった。

「あの女、ふざけんなよ！　柚月《ゆづき》だって家族の一員でしょ」

「落ち着いて美兎《みと》」

「無理！」

柚月《ゆづき》は力なく笑うと、そっと立ち上がり高台の一角にあった石碑《せきひ》の前に歩いていった。

「ねえ、ここの高台に神様の伝説があるっていうの、知っていた？」

「急になんの話？」

「1人でここに来《き》てボーッとしていたときにさ、石碑《せきひ》に何書いてあるか気になって読んでみたことがあったんだ。話が難しくて途中《とちゅう》で諦《あきら》めたんだけど、それを見ていた知らないおばあさんが親切に教えてくれたんだよ。ここは雲のクジラの通り道なんだって」

「雲のクジラ？」

「そう、そいつらは雲の中に住んでいる大きなクジラで、彼《かれ》らに声が届《とど》くと雲の中から出てきて人を食べて消しちゃうんだって」

「こわ、何それ」

「怖《こわ》い存在《そんざい》じゃないらしいよ。むしろ、辛《つら》い人の魂《たましい》を取《と》り込《こ》んでこの世界から違《ちが》うところに運んでくれる存在《そんざい》で、食べられた人は幸せになるみたい」

「食べられて存在《そんざい》消えちゃうのに、なんでそんな話が残っているんだろうね」

「夢がないねー、美兎《みと》は。私《わたし》は信じたいなぁ。だって、辛《つら》くなったらそのこと考えればホッとするじゃん。今が最低でも違《ちが》うところあるかもって思えるというか」

「何が言いたいの柚月《ゆづき》、あんた物騒《ぶっそう》なこと考えてないよね？」

「別に、今日《きょう》は美兎《みと》の家泊《と》まりたいなぁって遠回しに言いたかっただけ」

「なんだ、それなら全然いいよ！　ポエムばっかり言ってないで、素直《すなお》にそう言え」

柚月《ゆづき》はその場で少し緊張《きんちょう》した様子で家に電話をかけた。幸《さいわ》い出たのは仕事帰りの父親。しかも柚月《ゆづき》の母親は妹を連れて実家に里帰りしていたらしい。とんとん拍子《びょうし》でお泊《と》まりが決まり、私《わたし》と柚月《ゆづき》はしゃぎながら夕飯の材料を買って帰った。

その夜は本当に楽しかった。私《わたし》、柚月《ゆづき》、お父《とう》さん、お母《かあ》さんの4人で食べた鍋《なべ》はとても美味《おい》しく、柚月《ゆづき》はここ最近で一番幸せそうに笑っていた。

「ちょっとお手洗《てあら》いいいですか?」

「ええ、もちろんどうぞ、廊下《ろうか》の突《つ》き当《あ》たりね」

急に席を立った柚月《ゆづき》が気になりあとを追うと、彼女《かのじょ》は廊下《ろうか》の薄明《うすあ》かりの中で泣いていた。

「美兎《みと》の家に生まれたかった……」

彼女《かのじょ》が私《わたし》に話してくれる苦しみは、きっとたくさんある悩《なや》みの一部なのだろう。話したくても話せない悩《なや》みはもっとたくさんあったのだろう。

「また、いつでも来《き》なよ」

翌朝《よくあさ》。お昼過ぎまで2人でのんびりしていると、柚月《ゆづき》の母親から電話があった。

どうやら実家から早めに戻《もど》り、夫から柚月《ゆづき》が我が家に泊《と》まっていると聞きつけたらしい。

どうせ自分が決めたルールを彼女《かのじょ》が破ったことが気に入らなかったのだろう。

「うちの子はよい高校に入らなきゃならないんです。正直言ってあなたたちのような人たちとお付き合いしてもらいたくないんです！」

「あなたねぇ、もっと娘《むすめ》の気持ちを考えてあげなさいよ」

「ああもう嫌《いや》！　私《わたし》が産んだ子じゃないのに！」

受話器から聞こえたその言葉を耳にした途端《とたん》、柚月《ゆづき》は泣きながら家を飛び出していった。

「ちょっと、柚月《ゆづき》！」

私《わたし》はお母《かあ》さんをなだめたあと、慌《あわ》てて柚月《ゆづき》を追いかけたが、彼女《かのじょ》は人混《ひとご》みに紛《まぎ》れて見えなくなっていた。でも、行き先はわかっていた。

私《わたし》が高台まで息を切らせて駆《か》け上《あ》がると、柵《さく》のそばに柚月《ゆづき》が立っているのが見えた。私《わたし》たちしかいない小さな高台で、彼女《かのじょ》は何かを叫《さけ》んで泣いていた。

そのときだった。

空から確かにクジラの鳴き声が響《ひび》いたのだ。

柚月《ゆづき》はポロポロと涙《なみだ》を流しながら、ポカンと口を開けて空を見ていた。

海原《うなばら》のような水色の空。そこにモクモクと浮《う》かぶ真っ白な雲の裂《さ》け目《め》から、雲をまとった巨大《きょだい》で半透明《はんとうめい》のクジラが体をねじりながらゆっくりと飛び出してきた。

それは優雅《ゆうが》に空を泳ぎ、涙《なみだ》を流す小さな私《わたし》の親友に向かって大きな口を開けていた。

「待って……待ってよ。柚月《ゆづき》、行かないで！」

声が届いた人をクジラが食べてしまうという伝説《でんせつ》。

すべてがゆっくり感じられた。いつもなら街を見下ろせる高台からの景色《けしき》は、今や白い雲のようなクジラの大きく開いた口でかすんで見えた。

私《わたし》の走る息づかいと震《ふる》える空気。目の前で涙《なみだ》を拭《ぬぐ》った柚月《ゆづき》は力無く笑っていた。

「……一人《ひとり》で行かないでよ！」

私《わたし》は柚月《ゆづき》に向かって手を伸《の》ばし、一緒《いっしょ》にクジラの口に飛《と》び込《こ》んだ。

次の瞬間《しゅんかん》、私《わたし》の体は吹《ふ》き荒《あ》れる冷たい風に飲まれた。ぐわんぐわんと視界《しかい》が回り、耳がスゥーッと遠くなる。体の重さは眠《ねむ》りに落ちるように感じられなくなり、すべてが煙《けむり》のように解けていくのがわかった。

あぁ、こうやって消えるのか……。

けれど、伸《の》ばした右手の先を誰《だれ》かがつかんだ感触《かんしょく》があった。次第《しだい》にその手の感触《かんしょく》を元に散っていた感覚がまた集まってきて、体に重さが戻《もど》ってきた。

ボンッ！　フシューーッ……!!

ゆっくり目を開けるとそこは空の上で、下には小さくなった街と私《わたし》たちを噴《ふ》き出《だ》したクジラの背中《せなか》の穴《あな》が見えた。

パタパタと顔と髪《かみ》に風が当たり、ゆっくりと元いた高台に落ちていく。

「あ、美兎《みと》」

「あ、じゃないだろ！　というか私《わたし》たちどうなってんのこれ!?」

「わかんないよー！」

2人で目一杯《めいっぱい》叫《さけ》んだ。怖《こわ》かったのもあるが、なんだか溜《た》まっていたモヤモヤが口から噴《ふ》き出《だ》すように叫《さけ》ぶのをやめられず、絶叫《ぜっきょう》はいつの間にか笑い声に変わっていた。

私《わたし》たちは大笑いしたまま、フワリと元の高台に着地した。クジラはまた大きく体をねじり、雲海に飛《と》び込《こ》んで姿《すがた》を消した。

柚月《ゆづき》のスカートからスマホの着信音が鳴った。表示には【母】とあった。

柚月《ゆづき》は私《わたし》の制止を払《はら》って電話に出た。

「ユズ？　アンタどこ行ったの、もう。お昼のそうめん作っちゃうよ！」

その声は私《わたし》のお母《かあ》さんだった。

柚月《ゆづき》はポカンと口を開けながらテキパキとスピーカーフォンに切《き》り替《か》えた。

「美兎《みと》？　アンタもそこにいるの？　アンタたちねぇ、双子《ふたご》だから仲良いのはわかるけど何もかも一緒《いっしょ》に行動しなくてもいいでしょ。さあ、早く帰ってきな」

プツリと切れる電話。

「あのクジラ……」

「はは、考えても意味ないって。空飛ぶクジラに食べられたら双子《ふたご》になっていましたなんて誰《だれ》が信じるかっての！」

その日から私《わたし》と柚月《ゆづき》は家族になったのだ。

具現化《ぐげんか》チョーク

私《わたし》は再び渦巻《うずま》く丸鏡をのぞき込《こ》む。

兄弟というのは実に不思議な存在《そんざい》だ。友達や親・恋人《こいびと》とも違《ちが》う厄介《やっかい》な関係。

友達や恋人《こいびと》は選べるが兄弟は選べない。だからこそ、嫌《いや》でも一緒《いっしょ》に過ごさなければならない時間があり、その中でお互《たが》いを知って成長していく。さて、今度はどちらに傾《かたむ》くのか。


「あれ、レントここにあったコンビニ限定のアイス食った？　イチゴモナカのやつ？」

「怒《おこ》らないでよ!!」

「ちょっと2人とも何を騒《さわ》いでいるの！」

「お母《かあ》さん、レントが俺《おれ》のアイス食った！」

「なんだそんなこと……。あのねぇ、レントはまだ1年生だけど、シュウマはもう5年生でしょ。そんな細かいことでいつまでも文句言ってちゃダメよ」

「いや、レントが悪いじゃん！」

「ねぇ、もうお母《かあ》さん出かけなきゃいけないの。これで好きなお菓子《かし》でも買いなさい」

玄関《げんかん》先で靴《くつ》を履《は》く母親にシュウマは詰《つ》め寄《よ》ったが、返ってきたのは深いため息と下駄《げた》箱の上に置かれた2枚《まい》の千円札、そして閉《し》められたドアの音だけだった。

振《ふ》り返《かえ》るとリビングから廊下《ろうか》に顔を出していた弟が顔を引《ひ》っ込《こ》めるのが見えた。

ドドンッ！　四足《よんそく》歩行の不気味なエイリアンたちを蹴《け》散《ち》らしていくロボット兵士。弟のゲーム音も今のシュウマにとってはうっとうしい騒音《そうおん》でしかなかった。

ふと、彼《かれ》はクシャクシャに握《にぎ》ってしまっていた手の中のお札に目をやる。

冷静になってきたシュウマは、すぐにこのお金で食べそびれたアイス以上にたくさんのお菓子《かし》が買えることに気がついた。

早速《さっそく》買いに出ようとする兄に背後《はいご》からすかさず弟が走り寄る。

「どこ行くの？　僕《ぼく》も行きたい」

少し肌寒《はださむ》い秋の夕暮《ゆうぐ》れ時《どき》。根負けした兄は弟の手を握《にぎ》って歩いてすぐの距離《きょり》にある近所のコンビニに向かったが、残念なことにお目当てのアイスはなかった。

腹《はら》の虫《むし》が収《おさ》まらないシュウマは2軒《けん》、3軒《けん》とコンビニを回ったが結果は同じ。弟はコンビニを出てあてもなく住宅街《じゅうたくがい》を歩き始めた兄に「どこ行くの？」と言ったが、行くあてなど兄にもわからなかった。

シュウマは住宅街《じゅうたくがい》をしばらく歩いてから急に立ち止まり、深いため息をついた。

「もういいや……帰るよ」

「ねぇ、なんだろう、アレ」

弟が道に漏《も》れ出ている奇妙《きみょう》な明かりに気がついた。

「さあ、路地裏《ろじうら》に店でもあるんじゃない」

「ねぇ、行ってみようよ。なんかおもしろいものあるかもしれないし！」

「嫌《いや》だよ……。ダルいからもう帰るぞ。おいレント、待てって！」

今になってアイスを食べたことに罪悪感を覚えたのか、はたまた単に好奇心《こうきしん》を抑《おさ》えられなかったのか。弟は兄を無視《むし》して路地裏《ろじうら》に走り出していた。

小道の先にレトロな外観のお店を見つけた弟は、興奮《こうふん》気味にチリンチリンとベルを鳴らしてドアを開けた。

目の前に立っていたのはメガネをかけた背《せ》の高い白髪《はくはつ》の男だった。

「毎度《まいど》どうもごひいきに」

そう妙《みょう》なことを言う店主はどこか見覚えのあるような顔立ちをしていた。

「ただの骨董《こっとう》屋だけど、よかったら中を見ていってください」

男が体を退《ど》かすと、兄弟の目の前にまるで映画《えいが》のセットのような店内が現れた。

古びた木製のイス。人形が並《なら》べられた1メートルはあるかという家。ピエロのような飾《かざ》りのついたマスク。細かな金細工がされたランプ。そのどれもが怪《あや》しい魅力《みりょく》に満ちていた。

「兄《にい》ちゃん、あれ見て」弟が指差す先には、赤いクッションの詰《つ》まった木箱の中に入った白くて小さな棒《ぼう》のようなものがあった。

『描《えが》いたものが現実になる力があると言い伝えられる不思議なチョーク（ただし使い方にはご用心！）』

「このチョークを買おうよ！」弟は商品解説を読んでうれしそうにそう言った。

兄は「こんなのすぐに飽《あ》きる」と説得を試みたが、「勝手に決めないで！」と駄々《だだ》をこねる弟に根負けして、結局そのチョークを2000円で買うことにした。

弟は家に着くと買ってもらったチョークを眺《なが》めていた。

アイスも買えず、2000円で嘘臭《うそくさ》いチョークを買ってしまったことに時間が経《た》って後悔《こうかい》してきた兄は、弟に「その偽物《にせもの》チョークを最初に使うのは俺《おれ》だ」とちょっかいをかけた。

ほんの冗談《じょうだん》のつもりだったが、ムキになって渡《わた》さない弟とチョークの引っ張り合いになった末、なんとチョークはポキリと音を立てて半分に折れてしまったのだ。

「アアーー！　何してんの、兄《にい》ちゃん!!」

「す、すぐ貸さないから折れたんだろ」

「もういい！　兄《にい》ちゃんなんか嫌《きら》いだ!!」

そう叫《さけ》んだ弟は折れたチョークの片方《かたほう》を持ち、２階の自分の部屋《へや》まで走り去った。

兄は割《わ》れたもう片方《かたほう》のチョークを持ったままドサリとソファに座《すわ》った。

「まったく、どうしてこんなことになったんだか……」

今日《きょう》の災難《さいなん》を思い返していた時、突如《とつじょ》としてそれは始まった。

ドンッ!!

２階から聞こえてきた鈍《にぶ》い物音に驚《おどろ》いたシュウマは体を起こした。

バタンッ！　バタバタッ！　慌《あわ》てて部屋《へや》のドアを閉《し》めて廊下《ろうか》を走る音が鳴った。

「ああもう、今度は何やらかしたんだよ！」

兄がしぶしぶ階段《かいだん》を上がると、廊下《ろうか》の真ん中で弟が自分の部屋《へや》の扉《とびら》を見つめながら後退《あとずさ》りしているのが見えた。

「チ、チョークで……チョークで描《えが》いたら本当に出てきた……」

「は？」

ドゴォォオオッ!!

弟の部屋《へや》の扉《とびら》をぶち抜《ぬ》いて飛び出してきたのは、口からよだれを垂《た》らし、鼻を鳴らして何かを探《さぐ》っている大きさ数メートルはあるかという4つ足の巨大《きょだい》な怪物《かいぶつ》だった。

そして、奇妙《きみょう》なことにグルルル……と喉《のど》を鳴らしているその怪物《かいぶつ》の輪郭《りんかく》は、チョークで描《えが》いた白い線でできており、まるで現実世界で2次元アニメが動いているようだった。

「あ、あれ、『コスモ・マリーンズ』のゲームのエイリアンか？」

「僕《ぼく》に怒鳴《どな》る奴《やつ》は皆《みな》食べちゃえって、そう思って描《えが》いちゃった」

「お前なぁ」

兄が声を荒《あら》げた瞬間《しゅんかん》、怪物《かいぶつ》は獲物《えもの》を見つけたかのように口を開けて唸《うな》り声《ごえ》を上げた。

グワァァァ!!

「ヤバイ、ヤバイ、逃《に》げろぉぉぉおお!!」

シュウマは弟の手をつかんで全力で1階に駆《か》け降《お》りたが、その後ろから怪物《かいぶつ》がバタバタと音を立てて追いかけてきた。その速度は彼《かれ》が思っていたよりずっと速く、シュウマは玄関扉《げんかんとびら》まで来《き》たところでとっさにリビングに向かって急カーブをした。

カーブで差をつけた隙《すき》にリビングのガラス戸から庭に出ようと思ったのだ。だが、振《ふ》り返《かえ》るとすでに怪物《かいぶつ》は1階におり、なんと彼《かれ》らに飛びかかってきている瞬間《しゅんかん》だった。

「危《あぶ》ない！」兄は弟を抱《だ》き抱《かか》えるように脇《わき》に飛《と》び退《の》いた。

ガッシャァァアアンッ!!

怪物《かいぶつ》はそのまま彼《かれ》らの数センチ横をかすめて、ガラス戸をド派手《はで》に破壊《はかい》しながら庭に飛び出していった。

耳をつんざくような轟音《ごうおん》が徐々《じょじょ》に収《おさ》まり、体を起こした兄は庭の外を見た。流石《さすが》に勢いよくぶつかりすぎたのか、怪物《かいぶつ》はヨロヨロと目を回している最中だった。

そのとき、シュウマは握《にぎ》り込《こ》んだままだったチョークのかけらのことを思い出した。

「兄《にい》ちゃん、あいつが目をさましたらマズイよ！　それで何するつもり？」

「お前が割《わ》れたかけらで描《えが》いたものでも現実になったのなら、これでも何か生み出せるはずだ……じ、時間巻《ま》き戻《もど》す時計《とけい》とか……」

そうブツブツ言いながら兄が床《ゆか》にチョークで小さな置《お》き時計《どけい》をカリカリと描《えが》き始《はじ》めると、

その線はグニョグニョと動き出して跳《は》ねるように地面から飛び出した。

「うわっ、マジじゃんこのチョーク！　えっと、あの店に行く前だから、今から1時間くらい前に針《はり》を動かせば……」

「ねぇ、兄《にい》ちゃん……あの、本当にごめんなさい……」

弟は泣きながら兄に抱《だ》きついた。

「もういいよ。俺《おれ》こそいつも怒鳴《どな》ったりしてごめんな」シュウマは弟の頭に手を置いた。

庭先で目をさました怪物《かいぶつ》がさっき以上に怒《いか》り狂《くる》って2人を睨《にら》みつける。

「兄《にい》ちゃん、あのね、本当にあのチョークで描《えが》こうと思ったのは……」

「今それどころじゃないだろ！　行くぞ！」

兄と弟はギュッと手を握《にぎ》ると一緒《いっしょ》に時計《とけい》の針《はり》を1時間グルっと巻《ま》き戻《もど》した。その瞬間《しゅんかん》、景色《けしき》と音がものすごい勢いで渦巻《うずま》き、兄弟はその向こうに吸《す》い込《こ》まれた。

私《わたし》はぐるぐると渦巻《うずま》く丸鏡から目線を外し、イスから立ち上がる。そろそろ2人が訪《たず》ねてくる頃《ころ》だ。

チリンチリンとドアベルが鳴るとシュウマとレントが立っていた。

「毎度《まいど》どうもごひいきに」

店内を歩き始めた兄弟を眺《なが》めながら、私《わたし》はハタキで店の商品のホコリを払《はら》う。

そして弟はあのチョークが欲《ほ》しいとねだり出す。ここがわかれ道だ。

だが、今回はいつもと違《ちが》っていた。しばらく弟を見つめたシュウマが口を開いた。

「なんでそれが欲《ほ》しいんだ？」

レントはバツが悪そうにボソリと言う。

「えっと、これで僕《ぼく》が食べちゃったイチゴモナカ描《えが》けばいいかなって」

「ははっ！　笑える。いいよ、買おうぜ」

2人は互《たが》いにニコリと微笑《ほほえ》んだあと、チョークを持ってやってきた。

「君らはいい兄弟だ。タダで差し上げますよ」

紙袋《かみぶくろ》に詰《つ》めたチョークを楽しそうに眺《なが》めながら去っていく2人の背中《せなか》。

ループを抜《ぬ》け出《だ》した兄弟を見送るように扉《とびら》は閉《し》まり、チリンチリンとベルが鳴った。

エピローグ

最後の話を聞き終えたとき、辺りに人がいないことに気がついた。スマホを見ると時計《とけい》はすっかり夜を指しており、友人たちから僕《ぼく》の姿《すがた》が見えないから先に帰るという内容のメッセージが入っていた。

「少し語り過ぎてしまったかな。こう見えて、私《わたし》はおしゃべりなほうでね」

その顔つきは20代後半にも見えたが、落ち着いたミステリアスな瞳《ひとみ》を眺《なが》めていると、まるで100歳《さい》を超《こ》える老人のようにも思えた。

〝どうして人前に姿《すがた》を現さないのか〟

そう疑問《ぎもん》をぶつけると、彼《かれ》はこちらを見下ろしながらこう言った。

「不思議な話というものは、煙《けむり》の向こうから漂《ただよ》うから人の心を惹《ひ》きつけ、その中でより大きく育つものさ」

背《せ》を向けて立ち去る彼《かれ》を見つめながら〝彼《かれ》はなぜこんな不思議な話を語って回っているのだろう〟と心の中でつぶやいた。

「それはね」

振《ふ》り返《かえ》った彼《かれ》の左眼《ひだりめ》が怪《あや》しい青い光で僕《ぼく》を照らす。

「この左眼《ひだりめ》が無数の世界をのぞき見《み》てしまうからかな」

ランドリック・カートス。

彼《かれ》が語る物語はここではないどこかで起きた本当の話とでもいうのだろうか……。

【文】
むくろ幽介
怪奇現象に目がないライター・エディター。恐怖と想像力の世界を広めるために暗躍中。職業柄不思議な体験を耳にしやすい。
X: https://x.com/mukuroningyou

【カバー・本文イラスト】
fracoco
フリーランスのイラストレーター。リアルなタッチで不穏、恐怖、不安などネガティブな感情を描いている。主にホラー関連の挿画や、挿絵の制作などで活動中。
X: https://x.com/fracocoillust
Pixiv: https://www.pixiv.net/users/34777524

異形怪異
お化けが出てこない怖い話

2024年12月20日　初版第1刷発行

文　むくろ幽介
イラスト　fracoco
発行人　山手章弘
発行所　イカロス出版株式会社
〒101-0051 東京都千代田区神田神保町 1-105
contact@ikaros.jp（内容に関するお問合せ）
sales@ikaros.co.jp（乱丁・落丁、書店・取次様からのお問合せ）
印刷　株式会社シナノパブリッシングプレス

Printed in Japan　ISBN978-4-8022-1549-7